KB090346

달인 귀농의 법칙

-뭉치면 살고 헤어지면 죽는다-

황형구 저

- 농촌에서 인생 2막 성공하기
- 실패 없는 귀농의 지름길
- 친구 되어 귀농 가자

백산출판사

머리말

어느덧 귀농을 한 지 40여년이 되었습니다. 그래서 지난 시간을 되돌아보다가 후배 귀농인들에게 도움이 될 만한 일을 찾아보기로 했습니다. 후배들이 귀농을 하였지만 무슨 사업을 할 것인지를 몰라서 고생만 하다가 가진 재산 모두 잃고 다시 도시로 되돌아가는 일이 생겨서는 안되겠다는 생각 때문입니다.

최근 귀농을 한 후배들이 고생하는 것을 보면서 귀농[1]이나 귀촌[2]으로 성공하는 방법을 소개하려고 합니다.

농촌에서 잘 살려면 "뭉치면 살고 흩어지면 죽는다"는 기능 달인의 법칙이 적용됩니다. 이것은 제가 주장하는 벌통형[3] 네트워크[4]

---

1 귀농 : 도시에 사는 사람이 사업자금을 준비하고 농촌에 가서 농업에 관련된 사업을 하든가, 도시에서 하던 기능을 연계하여 창조 체험교육농원을 운영하며 소득을 창출하는 것이다.
2 귀촌 : 도시에 살던 사람이 생활비를 지참하고 경치가 아름답고, 공기 좋고, 물 맑고, 인심 좋고, 주변 환경이 좋은 농촌에 정착하여 생활하는 것.
3 벌통형 : 벌집 모양의
4 네트워크 : 라디오, TV의 방송망. 방송망처럼 서로 연결된

를 잘 활용해야 하는데, 그 방법이 이 책에 자세히 나와 있습니다.

대한민국 발전을 위해 평생을 바친 우리 기술자들은 한 가지씩은 달인의 기능이 있습니다. 그 달인들은 이제 마지막으로 우리 2세들의 진로 개척을 위해서 그들의 체험활동을 도우며 남은 인생을 사는 것이 좋지 않겠습니까? 벌집마다 꿀이 가득한 "벌통형 개별 관광농원"이 훌륭하게 운영되어야 마을이 살 수 있습니다.

기능 달인[5]들의 벌통형 네트워크는 한국적 귀농 개발의 혁명이 될 수 있습니다. 어린이들은 농촌에서 달인들의 교육 체험을 통하여 진로 체험을 할 수 있고, 장래 직업을 결정하는데 도움을 받아 국가의 미래를 이어갈 수 있을 것입니다.

6·25 한국전쟁 이후 폐허가 된 세계 최하위 빈국이었던 나라를 선진국 대열에 올려놓은 대한민국의 위대한 기능 달인들(an engineer)! 그들이 이제 대한민국 농촌을 살릴 수 있습니다.

국가의 미래를 이어갈 어린이들의 진로 체험을 벌통형 관광농원 체험장에서 하면 어떨까? 반평생, 인생의 절반이라는 긴 세월을 귀농 성공을 위해 연구를 하게 되었습니다. 정부에서는 낙후된 농촌마을을 살리고 농촌인구와 농촌경제를 활성화한다는 취지에서 마을개발, 체험마을, 권역개발[6] 등에 수천억 원의 자금을 무상으로 지원했습니다.

5 기능 달인 : 기술상의 재능이 최고에 달하는 사람
6 권역개발 : 마을과 마을이 서로 연관해서 개발

상대적으로 수백 개의 관광농원과 소농 관광농장들은 시간이 지나자 차츰 경쟁력을 잃고 도산하고 말았습니다.

최근 정부에서는 농지전용지역에 농식품 가공공장 및 관광농원을 허용한다는 발표도 했습니다.

농지전용지역에 농식품가공공장 · 관광농원 허용 … 6차산업 펀드 100억 조성

농지전용지역에 농식품가공공장 · 관광농원 허용… 6차산업 펀드 100억 조성

농촌진흥지역에 농식품가공공장과 관광농원, 농가식당 등을 운영할 수 있는 농촌융복합산업지구가 허용됩니다.

또 농업의 6차산업화를 위해 100억원 규모의 전문펀드가 조성됩니다. 농림축산식품부는 13일 박근혜 대통령 주재로 열린 신년 업무보고에서 이 같은 내용의 농업 미래성장산업화 실천계획을 밝혔습니다.

이에 따르면 1차산업인 농업을 식품가공과 유통, 외식, 관광 등이 결합된 융복합형 6차 미래성장산업으로 육성하기 위해 농촌진흥지역에 농촌융복합산업지구를 허용하기로 했습니다.

이를 통해 지역클러스터 형태의 6차산업 융복합지구를 3개에서 9개로, 농산물종합가공센터도 22개에서 30개로 확충하기로 했습니다.

또 6차산업화 전문펀드를 100억원 조성하고 6차산업 창업자를 396명에서 올해 435명으로 10% 가량 늘리기로 했습니다.

ICT 융복합 축사시설 지원 대상도 양돈에서 양계까지 확대하기

사진 = MBM

로 했습니다.

농림축산식품부는 아울러 농촌진흥지역의 관광 유인효과를 높이기 위해 개인소유의 휴양림 조성 시 산지전용신고 의무를 면제해주기로 했습니다.

농식품 직거래 활성화를 위해 로컬푸드 직매장을 100개로 확충하고 포스몰과 같은 ICT 기반 '온라인 로컬푸드 직매장'을 개설해 7천300억원 가량의 유통비용을 절감할 방침입니다.

이와 함께 선진국 수준의 농업 직업교육체계를 확립하고 ICT 기능 현장 활용도 제고를 위해 가칭 '토마토대학' 등 첨단기술교육체계를 구축하기로 했습니다.

쌀 시장 전면개방과 자유무역협정(FTA)에 따른 개방확대로 피해가 예상되는 논·밭 작물 대책으로 쌀산업 규모화를 위해 경작지 50ha 이상의 쌀 들녘경영체를 현재 158개, 3만2천ha에서 올해말까지 200개, 4만ha로 확충하기로 했습니다.

올해부터 쌀직불금 상한 면적도 50ha에서 400ha로 상향조정했으며, 밭 작물 주산지 241개소를 중심으로 밭 기반 정비와 기계화도 추진키로 했습니다.

기사입력 2015-01-13 10 : 12 최종수정 2015-01-13 10 : 13

저는 이런 안타까운 현실들을 보면서 관광농원과 귀농을 한 소농 관광농업이 안정적으로 소득을 올릴 수 있는 방법은 무엇일까?, 관광객들이 재방문을 하는 이유는 어디에 있을까? 하는 연구를 해 왔습니다.

그 결과, 동적, 정적으로 새로운 경험을 할 수 있는 노블티 (novelty)[7]가 있어야 고객들이 재방문하게 된다는 것을 생각하게 되었습니다.

---

[7] Novely(노블티) : 동적, 정적으로 새로운 경험과 참신하고 진기하며 색다름

저는 2009년 12월 경기대학에서 [관광목적지의 인지된 노블티가 재방문에 미치는 영향에 대한 논문으로 박사학위를 받았습니다. 그리고 2011년에는 김포시의 농촌관광을 활성화하고 향후 보다 나은 농촌의 발전을 위해서 경기도 김포시 농업기술센터에서 벌통형 관광농원 네트워크를 위해서 열심히 일하기도 했습니다.

지난 40여년간의 귀농에서 터득한 실전 경험과 학문적 교훈을 바탕으로 어떻게 하면 한국 농촌이 세계 식량 무기화의 위기에서 벗어날 수 있을까? 양질의 노동력을 보충하는 선진 창조 농촌이 될 수 있도록 해야 한다는 것을 깨닫게 된 것은 한국 농촌 발전을 위해 매우 값진 일이었습니다.

농촌관광 활성화에 심혈을 기울인 경기대 관광개발전문대학원 박석희 전 원장님과 경기대 관광개발학과 엄서호 교수님의 가르침은 제가 목표로 하는 벌통형 네트워크 농촌 발전상의 초석이 되었기에 이 자리를 빌어 감사의 뜻을 전하고 싶습니다.

이 책을 읽거나 제 강의를 듣는 여러분들이 과거에 어떤 일을 하셨는지 저는 알지 못합니다. 하지만 여러분들의 과거 실패와 성공이 모두 여러분의 경험으로 다가와 당신의 귀농 역전드라마에 일등 공신이 될 것이라는 것을 확신합니다. 과거의 당신이 하찮고 부끄럽다고 생각한다면 귀농해서 성공할 수 없습니다.

무엇이든 할 수 있다는 무(無)소(所)부(不)지(知)[8]의 정신은 당신의 귀농을 성공으로 안내할 것입니다.

8 無(무)所(소)不(부)知(지) : 모르는 것이 없이, 하지 못하는 것이 없는

차 례

머리말   5

빗장을 여는 글   15

당신은 귀농을 원하십니까? 귀촌을 원하십니까?   19

1장 무소부지

떡장수의 아들이 찰떡치기의 달인이 되다   27

포기할 수 없는 나의 꿈   28

전략과 목표 그리고 알 수 없는 변수   29

무소부지   31

차별화란?   33

차별화를 위한 자기계발   34

2장 실패 없는 귀농의 조건

농업형 귀농에서 체험형 달인 귀농으로   39

인생 역전드라마, 마지막 직장을 정하자   42

3장 추세는 기업형 귀농

귀농과 귀촌은 언제 시작되는가?   59
기업형 귀농의 구분   61
관광농원을 활성화하려면   65

4장 벌통형 네트워크 사업

꿀을 딸 수 있는 벌통형 귀농이란?   69
농촌 네트워크를 이용한 새로운 도전   71

5장 벌통형 네트워크의 실제

600명의 체험객을 어떻게 맞이할 것인가?   85
농원 꾸며보기   87
땅의 조건   87
농원의 허가   92
귀농 네트워크 마을 만들기   93
귀농의 성공 조건   98

6장 벌통형 네트워크의 예시

자동차 체험장   109
황토 혹은 식물 염색관광농원   111
눈썰매·얼음썰매 체험   112
꽃의 나라 체험   114
제빵나라의 체험   115
산양 치즈체험   117
친구 창조체험교육마을   118

7장 귀농의 재발견

농촌에 살지만 나도 도시인   121

원룸 왜 구하니?   123

마음의 여유가 생길 수 있을까?   124

귀농에서 실패하지 않기   125

귀농 정책은 이렇게   126

정부에 의지만 하는 약한 농민으로 만든다   127

8장 나의 귀농 도전기

도전 1기 _ 새끼 돼지 5형제   139

도전 2기 _ 두 번째로 도전한 돼지 10마리   144

도전 3기 _ 재기의 몸부림   145

도전 4기 _ 3개년 계획을 다시 세우다   152

도전 5기 _ 고부가가치 상품에 도전! 메기 양식   155

도전 6기 _ 관광농원의 시작   157

도전 7기 _ 내 손으로 통나무집을 짓다   160

도전 8기 _ 피싱파크의 탄생   163

책을 쓰기까지   167

참고문헌   169

자연에 파묻혀 건강하게 사는 행복한 인생!

이것은 예로부터 누구나 꿈꿔왔던 인생이다. 왜냐하면 인간이라
면 누구나 순수한 행복을 추구하기 때문이다.

근대화가 되고 도시 문명, 자본주의 질서에 지배를 받으며 산다
는 것이 편리하기는 해도 늘 공기 맑고 순수 자연의 품위 있는 전
원 풍경은 사막에서 찾는 오아시스와도 같다.

최근 들어 귀농 인구가 늘어나고 있다. 한 매체의 보도에 따르면,
베이비부머 세대의 은퇴자들도 꾸준히 늘고 있지만 젊은 귀농인들
도 급격히 늘어나고 있다고 한다.

큰 맘 먹고 시작한 귀농, 기왕
어렵게 결정한 귀농이라면 최소
한 실패는 하지 말아야 하지 않
을까?

귀농

그 빗장을 풀어보자. 귀농을 결심하고 가족들의 동의를 받은 후 귀농 도전[1]을 막상 실행에 옮기려고 했을 때, 지금껏 농사를 지어보지 않은 사람들은 두려움이 클 것이다. 그러나 기능 달인 귀농은 아주 작은 영농 책으로 공부를 해도 충분하다. 전업농보다는 사랑과 정성이 담긴 유기농[2] 힐링 농업[3]으로 소량의 유기농산물을 생산하고 꾼들의 기능 달인 체험을 더하면 되기 때문이다.

2009년에 농촌진흥청에서 조사한 바에 따르면, 귀농을 준비하는 사람의 90%, 이미 귀농하여 정착한 사람의 87%는 농업계 학교를 다니지 않았다고 한다. 귀농 정착자의 58%는 부모님이 농업에 종사했던 사람으로 농업의 경험이 없는 사람이 주말농장을 운영하는 것이 농업에 대한 기본을 배우는 지름길이 될 수도 있다.

체험객들이 직접 농사를 짓는 주말농장에서 재배하는 품종은 주로 상추, 배추, 열무, 쑥갓, 아욱, 근대, 시금치, 갓 등인데 이것들은 재배하기도 쉽고 수확의 기쁨을 누리기도 좋다. 농원 운영자가 밑거름을 주거나 종자, 비료, 모종 준비를 도와주므로 회원은 씨를 뿌리고 모종을 심는 등 실제 농사를 체험하는데 집중할 수 있어서 주말농장을 선호한다.

---

[1] 도전 : 어려운 사업이나 기록 경신에 맞섬.
[2] 유기농업 : 화학 비료나 농약 사용을 삼가고, 유기질 비료를 써서 안전하고 맛좋은 식량을 생산하려는 농업
[3] 힐링 웰빙 : 건강 치유 목적으로 좋은, 기분 좋은

주말농장의 김장체험을 위한 배추 뽑기

 농사의 경험이 없는 사람들은 먼저 개별농가 주말농장이나 농업기술센터에서 운영하는 주말농장을 이용해보길 권한다. 농가나 농업기술센터로부터 재배기술을 배우면서 모종부터 수확까지 체험할 수 있는 좋은 기회이기 때문이다. 특히 봄에는 고추, 상추, 열무, 가지 등 봄채소와 고구마, 감자 등을 심어보고 가을에는 상추, 무, 김장배추 등으로 품목을 전환해보는 것도 좋다.

 한 가지 더 조언하자면, 도시 농업을 체험하는 동안에도 미리 영농일지를 쓰는 것이 좋다. 젊은 귀농인들의 대다수가 컴퓨터를 이용해 매일 영농일지를 쓰고 있다. 어느 시기에 어떻게 농사일을 했고, 시행착오는 무엇이었는지 기록하는 습관을 들이면 실제 귀농 후 진가를 발휘할 수 있다.

외국인 여선생님과 고구마 캐기가 한창인 아이들

40년 전 식량 자급화의 선두에서 다산 왕[4] 통일벼를 연구하신 이종훈 박사님의 말에 따르면, 일본의 벼농사 전문농업인들은 20년 동안 일기를 써서 데이터를 만들어 농사를 짓는다고 한다.

어떤 종류의 벼가 어떤 환경조건에서 최상의 수확을 얻었는가 하는 것들은 자신이 농사를 지으며 적어놓은 일지에 다 기록되어 있어야 한다. 그래야 두 번 실패를 하지 않고 나만의 연구 결과가 축적되는 것이다. 힐링 농업과 기능 달인 체험농원을 하려면 이 정도의 노력은 필요하다.

나는 귀농에 대한 40여 년 간의 경험 사례 이야기를 토대로 여러분의 귀농 성공에 도움을 주려 한다. 필자는 아직도 부를 창출하는 부자귀농을 꿈꾸며 치열한(복잡하고 일거리가 많은) 농촌에서 일상을 보내고 있다.

4 다산 왕 : 쌀 수확량으로 계산하면 최고의 수확을 한 사람

당신은 귀농을 원하십니까? 귀촌을 원하십니까?

귀촌은 도시에서 거주하던 사람이 생활비를 지참하고 경치가 아름답고 주변 환경이 좋은 농촌에 정착하여 생활하는 것을 말하고, 귀농은 도시에서 거주하던 사람이 사업자금을 준비하여 농촌에서 농업에 관련된 사업을 하여 소득을 창출하는 것을 말한다. 또한 도시에서 하던 기능을 연계하여 창조체험교육농원을 운영하면서 소득을 창출하는 것 또한 귀농이라고 할 수 있다.

그렇다면 귀농에 필요한 요소는 무엇일까?

농촌에서 성공하기 위해서는 장인정신과 창의력이 필요하다. 전통 보존과 교육을 위해서 일생동안 갈고 닦은 기술! 장인 능력 즉, 숙달된 기능을 농촌에 접목해야 한다는 것이다. 산업 전선에서 갈고 닦은 각종 기술들을 자라나는 어린이와 도시민들에게 보여주고 가르쳐서 그들의 진로 선택에 도움을 주는 진로체험이 되게 한다.

귀농을 원한다면 눈과 귀, 마음을 열어야 한다.

 귀농하려는 사람을 위한 지침이 있는데 그것은 바로 "귀농자는 늘 호미와 같이 살아야 한다"는 것이다. 농촌에는 늘 필요 없는 잡초를 뽑아내야 한다는 것을 상징한다. 과수원이든 배추, 무 등 어떤 작목을 심어도 작목 외에 뽑아내야 할 잡초가 수없이 많다. 잡초를 뽑지 않아도 되는 귀농은 생각지도 말아야 할 것이다. 그리고 귀농인이 하기 어려운 수도작, 전업농도 호미로 뽑아 버려 생각을 말자!

호미와 함께 여름 삼복더위에 최소한 4시간 정도는 버티고 밭의 김을 메어줄 도전정신과 지구력이 필요하다는 것이다.

특히 "귀농은 뭉치면 살고 헤어지면 죽는다." 귀농을 해서 경쟁력을 강화하기 위해 제각각의 기능을 가진 꾼들이 최소 5명 이상 뭉쳐서 귀농을 하자. 20명 이상이 뭉쳐서 마을을 형성하며 귀농을 하는 것은 초능력의 경쟁력을 갖추는데 도움이 될 것이다.

아빠를 슈퍼맨으로~~ 여기는 꿈을 낚는 피싱파크

현재 필자는 경기도 김포시 감정동에 위치한 피싱파크의 대표다. 이곳에서는 유치원에서부터 고교생까지 이용할 수 있는 체험학습프로그램을 운영하고 있는데, 주말이면 가족단위 체험객들이 이곳을 찾는다.

어린이 낚시를 비롯해 맨손으로 물고기를 잡는 체험장, 오리보

트장, 겨울엔 얼음 썰매장도 운영한다. 봄이 오면 주말농장과 고구
마밭도 운영하고 지렁이 농장과 동물농장에서도 아이들을 반긴다.
그리고 낚시터에서 낚아 올린 물고기들은 식당에서 맛있게 요리를
해서 먹을 수도 있다. 사계절 내내 즐거운 아이들의 놀이터가 된다.

   필자는 피싱파크를 방문하는 손님들로부터 가끔 듣는 이야기가
있다. 이곳은 처음부터 많은 자본을 들여 한 번에 이루어졌냐고.
하지만 그렇지 않다. 나는 지금도 눈을 감으면 구석 자리에 있는
전등이 몇 와트인지를 떠올릴 수 있으며, 작은 수도꼭지 배관이 땅
속으로 어떻게 연결되어 있는지 그림을 그릴 수 있다. 이 모든 것
은 결코 처음부터 한 번에 이루어지지 않았다. 그리고 아직까지 나
의 도전은 계속되고 있다. 나의 40여년 귀농 일기는 수많은 돼지와

메기의 희생 위에 깨달은 교훈으로 시작되었다.

벌통형 네트워크 사업

나는 농촌관광에만 30여 년 동안 현장 실무 경험을 쌓고 노하우를 축적했다. 1994년 고려대학교에서 관광농업 소득에 대한 석사 논문을 쓰고 2009년 [관광목적지의 인지된 노블티(novelty)가 재방문에 미치는 영향]이라는 제목으로 "관광농업도 노블티(새롭고, 신기해야)해야 경쟁력이 있고 소득이 오를 수 있게 재방문을 하게 된다."라는 취지의 박사 논문을 썼다. 어떻게 하면 어려운 농촌 소득을 올리고 세계 식량 무기화에 대항할 수 있을까, 이것이 나의 고민이었다.

농촌에 희망은 없을까?

농촌에서 어린아이의 울음소리를 듣게 할 수 없을까?

2011년 우리 농원이 소속된 경기도 김포시 농업기술센터에는 네크워크 자금 2억이 마련되게 되었다. 그 중 1억 원을 회원이 50여 명이 되는 김포시 관광농원협의회에서 공동의 이익이 되는 네크워크 사업을 하기로 했다. 연구업체는 지역 아카데미 등 2개 회사와 한국관광학회(김재석 박사, 황형구 박사, 박진경 박사)가 김포시 농촌관광연구회 임원들 앞에서 사업 설명을 하고 경선을 거쳤다. 그 중

김포시 농촌관광 네트워크사업 계획서
- 관광농업농가를 중심으로 -

물고기관광농원 대표
황형구박사(011-203-2550)

내가 속해 있는 한국관광학회의 벌통형 네트워크 사업이 김포시에 적절한 사업 모델로 채택이 되어 김포시의 지원을 받아 일 년 동안 연구를 하게 되었다.

나는 그때 정말 많은 공부를 했다. 대한민국에서 제일가는 여행사 중의 하나인 하나투어 여행사와 여행 네크워크 체결을 맺고 관광버스 20여 대를 모집하여 체험객을 대상으로 설문조사도 하고 그것을 근거로 연구 분석을 했다. 투어의 경로는 2개의 개별농원과 김포시의 관광자원 하나를 택일하여 체험교육 관광을 하기로 한 것이다.

당시로서는 너무 준비되지 않은 김포시 관광농업인데도 전업농들의 설명은 무난했다.

관광농업연구회 회원들의 체험교육 프로그램이나 서비스 마인드의 문제점, 그리고 김포시에 널리 퍼져있는 소규모 농원들과 네크워크 적합성, 김포시 관광자원의 활성화를 네크워크 간의 거리도 고려하면서 발굴해야 될 것이라는 문제점까지 많은 것이 노출되었다.

그러나 대단한 발견과 경험도 있었다. 체험 자원이 다른 것들과 차별화만 된다면 어떤 악조건 속에서도 경쟁력이 있다. 22년 동안 어머니 밑에서 찰떡을 만드는 찰떡장수로 찰떡치기라면 대한민국 누구보다 맛있고, 멋있게 만들 수 있다는 찰떡장수로서의 자부심이 경쟁력이듯, "꾼, 장수, 공, 장이, 쟁이, 사(士)"들의 기능이 교육 체험 자원으로 대단히 훌륭하다는 것을 발견한 것이다. 그들이 가진 재능과 기술력으로 어떻게 하면 농촌에 가서 돈도 벌고 실력도 발휘할 수 있게 될까? 그것은 바로 귀농교육이다. 내가 국제사이버대학에 귀농강의 자료를 만들면서 깨닫게 되었다. 이것이로구나! 귀농교육생들을 그룹으로 만들어 최소한 5명 이상을 이웃으로 만들어서 귀농 사업을 하면 최소 5개의 체험 자원을 확보하고 영농체험을 할 수 있다. 열 사람이면 마을 교육 체험프로그램으로 이웃이 만들어지고 더 큰 경쟁력을 가지게 된다. 뭉치면 살고(경쟁력이 생기고) 헤어지면 죽는다. 이러한 나의 귀농 철학이 만들어지게 되었다.

歸農
RETURN
FARMING

1장

무소부지 無所不知

무소부지 無所不知

나는 39여 년 간의 귀농생활을 했다. 그동안 내가 겪었던 현장 경험과 이론들을 처음 시작하려는 여러분들에게 내어 놓으려 한다. 이 책을 읽는 여러분들은 내가 39여 년 동안 겪었던 것의 시행착오를 줄여 몇 분의 일인 6년 정도로 그 기간이 줄여지길 바라는 마음이다.

떡장수의 아들이 찰떡치기의 달인이 되다

나는 떡을 만들고 평생을 팔아온 부모님 밑에서 자랐다. 30년의 긴 세월 동안 떡장수를 하시며 4남 1녀를 훌륭하게 키우신 부모님. 내가 초등학교 6학년이었던 시절, 어머니는 서울 성북구 길음시장

노점에서 떡장수를 하셨고 아버지는 각종 떡들을 만들어 어머니에게 공급하셨다. 초등학교 6학년인 나는 손재주도 좋았지만 떡 만드는 일이 재미있어서 더욱 몰입하게 되었고, 그 결과 송편을 아주 예쁘고 맛있게 만들 수 있었다. 찹쌀을 잘 불려서 찰떡을 맛있게 만들어 내는 방법을 일찍부터 터득하여 예쁜 떡들을 어머니 가게에 선보일 수 있었다. 우리 가게 옆에는 또 다른 떡집이 두 개가 있었는데 우리 부모님은 그 가게들보다 먼저 떡을 모두 팔고 집으로 들어오시는 날이 한 달에도 여러 날이 있었다. 아버지는 늘 나에게 '무소부지(無所不知)이니 열심히 하거라.'라고 말씀하셨고, 어머니는 "우리 형구는 떡을 참 예쁘게 맛있게 만드는 구나. 아주 잘한다."라고 언제나 칭찬하셨다. 돌이켜 생각해 보면 우리 아버지께서는 늘 '사람이 살아가는데 강도질과 살인만 아니라면 모두 해보아야 하고, 또 잘 할 수 있어야 한다.'라고 말씀하셨다. 이렇게 부모님의 칭찬과 격려 덕분에 나는 떡 만들기의 달인이 되었다. 찰떡, 팥죽, 시루떡, 송편 등 우리의 전통 떡은 모두 만들어 낼 수 있는 달인이 되었다.

포기할 수 없는 나의 꿈

"꿈을 꾸는 자가 꿈을 실현한다."
"꿈은 이루어진다."
누구나 꿈을 꾼다. 하지만 모두 거대한 꿈을 꾸지는 않는다. 큰 꿈이라면 좋겠지만 작은 꿈도 나쁘지 않다.

꿈을 꾸는 것만큼이나 중요한 것은 그것을 현실로 옮기는 일이다. 언제까지 갈대처럼 흔들리고만 있을 것인가? 어떻게 느껴질지 모르겠지만 나는 주저 없이 저지르고 그 후에 생각하라고 말하고 싶다. 천금 같은 기회는 자주 오는 것이 아니다. 그 기회를 놓치는 우를 범해서는 안 된다. 모든 사람은 서로 각자의 상황과 형편에 따라 불공평하게 태어난다. 그러나 모두에게 공평한 것이 딱 한 가지 있다. 그것이 언제가 되었건, 어떤 모양이건 누구에게나 기회는 찾아온다는 것이다.

사회생활을 어느 정도 하고, 나이를 먹은 당신에게 이제 선택할 길은 많지 않다. 지금 이 순간과 언제가 될지 모를 임종을 맞이하는 그 순간 사이에서 삶을 선택하든, 죽음을 선택하든 둘 중 하나이다. 그러나 지금 귀농을 선택한 당신, 그 갈 길은 당신 스스로 발견해야 한다.

전략과 목표 그리고 알 수 없는 변수

귀농에서 살아남기 위해서, 그리고 성공하기 위해서는 내공이 필요한 3개년 계획을 세워야 한다. 계획 없는 성공은 있을 수 없다. 최소한 3개년 계획을 두 번 정도는 세울 것을 제안한다. 굳은 땅에 물이 고이는 법이다. 앞으로 수십 년을 위해 이 정도의 내공은 쌓아야 한다. 굳은 땅보다 더 굳은 결심이 필요하다. 목표를 세워서 도전하라. 목표와 계획이 없다면 무엇에 어떻게 도전을 하겠는가!

나의 귀농 첫 도전은 돼지 키우기였다. 3년에 100마리를 키워낼 것을 목표로 했다. 돼지는 한 번에 10마리의 새끼를 낳으니까 10마리를 사서 키우면 계산상으로는 가능한 일이다. 그리고 이 안에 예상치 못한 변수까지 고려해서 전략과 목표를 세워야 한다.

내가 귀농을 한 그 해였다. 1978년 11월 4일, 충남 광천에 침투한 공비가 민간인을 살해하고 도주한 일이 생겼다. 지금은 공비라고 하면 생소한 단어이지만 당시에는 북한과의 적대관계가 살얼음판이어서 공비가 남한 민간인들에게 침투하곤 했다. 광천 말봉산으로 나무하러 갔던 여인 2명이 공비에게 살해되고, 공비가 도주하면서 주민 3명을 추가로 살해한 것이다. 1979년 10월 5일에 GOP 부대 공비 사살 사건에 이어 1980년 3월 23일에는 한강으로 수중침투한 공비를 사살한 사건이 벌어졌다. 이렇게 내가 귀농을 했을 시기에는 무장공비 사건으로 시국이 매우 불안했다.

잘 알지 못하는 낯선 곳인데다가 인근 이웃도 드문드문 있는 곳에서 살자하니 무서운 생각이 더욱 들었다. 광천에서 일어난 공비

의 민간인 살해 사건이 일어난 이후에는 언제나 머리맡 장롱 밑에 날이 시퍼렇게 선 도끼를 두고 잠을 자는 생활을 했다. 예비군 훈련을 받으러 가서 총

을 지급 받는 날이면 그렇게 마음이 든든할 수가 없었다. 지금은 이웃도 잘 알고 길가에 보안등이라도 있지만 당시에는 밤만 되면 칠흙 같은 어둠이 왔고 나는 딸린 가족들이 걱정되었다. 며칠에 한 번씩 저녁이면 예비군 보초 서기로 젊은이들이 나가야 했고 그런 괴로운 나날을 보내는 변수가 있었다. 나에게 장롱 밑 도끼는 마음을 안심시켜주는 보초와도 같았다.

무소부지(無所不知)

과학의 발달로 평균 수명이 연장되고 이제는 100세까지 살 수 있는 시대가 되었다. 하지만 45세가 되면 벌써 직장에서 명예퇴직을 하게 되고 100세까지 먹고 살 직업이 불안한 요즘에는 직업 하나를 가지고 평생을 살 수 있을 것이라는 생각을 버려야 한다.

무소부지란 '세상에서 모르는 것이 없다'라는 뜻이다. 지금은 고인이 되신 우리 아버지도 강도나 살인을 빼고는 모두 경험해서 할 줄 알아야 한다는 것을 삶의 지표로 삼고 사셨다. 몰입을 해서 남들과 차별화되도록 잘 할 줄 알아야 한다는 뜻이었다. 몰입을 하면 해박함이 터득이 된다. 이와 관련한 유명한 심리학자 '칙센트미하이'와 기차 수리공장의 '죠'에 대한 일화를 소개하려 한다.

칙센트미하이가 어느 날 기차 수리공장에 갔습니다. 해머의 거친 소리가 가득차고 먼지가 자욱하여 근무 조건이 매우 열악하다는 생각이 들었습니다. 직원들은 퇴근시간이 오기만을 기다렸고 퇴근시간이 되면 차를 몰고 술집으로 가든지 드라이브를 나가는 게 보통이었습니다. 그러나 그 중에 '죠'라는 사람은 회사에서 남아 고장 난 기계를 고치고 남는 시간은 회사에 있는 모든 기계를 분해 하여 수리를 했습니다. 그러자 어느 날부터는 그가 없으면 이 회사 는 문을 닫아야 한다는 소문이 들리기 시작했습니다. 회사의 모든 기계를 해박하게 수리할 수 있는 사람은 그밖에 없었기 때문입니다. 그러던 어느 날, 그가 사는 마을 어귀의 자투리땅에 희귀한 물 건들로 장치를 하고 예쁘게 꾸민 마을의 명소가 탄생했습니다. 그 곳은 다름 아닌 죠의 사업장이나 다름이 없습니다. 온 마을 사람들 은 가전제품을 비롯하여 어떤 물건이든 고장이 났을 때 죠를 찾아 가면 저렴한 비용으로 잘 고칠 수 있다는 소문이 났습니다. 이후 죠의 개인 사업은 여가시간 동안 자신이 터득했던 기술로 인하여 번창하게 되었습니다.

이런 죠를 보고 칙센트미하이는 이렇게 말을 합니다.

"하는 일이 몰입 활동에 가까울수록 우리는 그 일에 깊숙이 빠 져들고 우리의 경험은 더욱 긍정적으로 변한다. 만약 어떤 일이 명 확한 목표, 뚜렷한 결과, 자신감, 힘에 부치지 않는 난이도, 정돈된 분위기를 줄 수 있다면 그 일을 하면서 느끼는 감정은 운동을 하거 나 예술 작품을 감상할 때 맛보는 희열과 크게 다르지 않다."

차별화란?

전교 1등은 어렵다. 전국 1등은 더욱 어렵다. 1등이라는 것 자체가 차별화와 브랜드이다. 차별화를 만들거나 찾아라.

경제 수준이 높아지고 생활의 여유가 생겨 이제는 건강을 챙기는 시대가 되었다. 열무, 배추, 갖가지 채소들에서 색깔이 곱고 예쁘게 생긴 것을 선호하지 않는 시대가 되었다. 이런 것들은 농약을 많이 준 채소라고 여기고 사람들이 잘 사먹지 않는다. 나도 농약을 주지 않아서 벌레가 많이 갉아 먹은 채소만 사먹는 친구를 보았다. 건강식품 즉 농약을 치지 않은 채소나 참조기, 버섯류 등이 수십만

원대에 불티나게 팔린다. 이렇듯 농산물도 차별화로 블루오션(현재 존재하지 않거나 알려지지 않아 경쟁자가 없는 사업)을 만들 수 있다.

차별화된 상품은 쉽게 사람을 불러 모은다.

양식 메기의 판로를 위해 셀프식당이라는 직거래 방식을 채택하기도 한다. 식당을 오픈하기 전에 메기를 잡은 분들에게 은박도시락과 돼지불고기 양념을 공급해 주고 메기불고기를 셀프로 만들어 먹는 셀프식당을 운영하기도 한다. 매운탕 냄비와 매운탕에 들어가는 갖가지 재료와 4인 기준 수저 일체를 공급하고 돈을 받기도 한다. 그리고 잡은 메기 중에서 한 마리에다 옵션으로 더 구입한 메기로 스스로 매운탕을 끓여 먹을 수 있도록 제공할 수도 있다.

차별화를 위한 자기계발

그리스 철학자들에 의하면 인간은 학문·예술·정치와 같은 자기 계발 활동에 시간을 투자할 수 있을 때에 비로소 진정한 인간이 된 다고 한다.

내 주변에는 남들도 모르게 자기계발 차원에서 6년간 회화공부 를 해서 세계여행을 다녀온 사람이 있다. 재밋거리를 만들어 인생 마디를 강하게 하는 것을 권하고 싶다. 재미가 없으면 황혼 이혼감 이 될 수 있으므로 나는 "노는 법"도 학교 교육 과목에 들어가야 한 다고 생각한다. 하루 24시간은 잠자는 시간을 빼면 누구에게나 일 주일에 4시간 내지 20시간 정도의 여유시간이 주어진다. 개인 사정 에 따라 여유시간은 달라지겠지만 학문·예술·정치 활동 등에 얼

학위수여식(2009년, 경기대학교)

마나 할애를 하느냐에 따라 개인의 행복지수는 결정되고 진정한 인간으로 거듭나는 것이다.

나는 "관광농원의 경영실태 분석과 소득 증대에 관한 연구"로 석사학위를 받고 관광농원을 운영했지만 5년 동안 눈에 보이는 성과는 미흡했다. 하지만 자기계발을 해야 한다는 도전정신으로 박사학위에 도전하게 되었고 묵묵히 내 몫을 해결한 결과, 2009년에 박사학위를 취득했다. 세 번의 도전과 실패 끝에 공부한 결과였다. 새롭고, 신비를 찾는 노블티 정신으로 체험교육 농원을 연구한 것이다. 관광농원 실태 분석에 대한 석사학위 논문을 받은 이후 고객들의 재방문이 지속적으로 이루어지게 하려면 어떤 것이 필요한가? 그 노블티(novelty)에 대해 연구를 하였다.

歸農
RETURN
FARMING

2장

실패 없는 귀농의 조건

실패 없는 귀농의 조건

농업형 귀농에서 체험형 달인 귀농으로

노력 없이 저절로 이루어지는 것은 결코 없다. 내가 살아가면서 누군가의 도움을 받을 수 있을 것이라는 기대는 애초에 버려야 한다. 삶은 스스로 개척해야 하는 것이다.

오든의 시를 잠시 보자.

"참다운 삶을 바라는 사람은 주저 말고 나서라, 싫으면 그뿐이지만, 그럼 묘자리나 보러 다니든가."

귀농의 사례를 살펴보면 소득의 안정성이 없는 수도작, 밭작물, 과수, 비닐하우스 등의 영농사업에만 성공 사례 발표가 잇따르고 있다.

2011년 농촌관광소득 증대를 목적으로 김포시 농업기술센터와 김포시 관광농업연구회는 봄부터 네트워크 사업을 진행하게 되었다. 두 개의 관광농원(피싱파크 진산각, 봉바위)과 수안산 생태체험농교육농원, 김포곤충교육농원, 이원난교육농원이 거점 농원이 되고 농산물(배, 포도, 고구마, 연, 자원한자체험교육장)과 소규모 단일 생산관광농원이 제1네트워크 체험농원이 되었다.

애기봉, 함상공원, 덕포진, 김포파주인삼농원 등 김포의 관광자원을 활성화하기 위하여 제2네트워크 체험 계획을 세웠다.

하나투어 관광회사에서 체험객을 모집하는 것을 담당하고 사단법인 한국관광학회의 김재석 관광학 박사 외 2명(박진경, 황형구)의 관광학 박사가 사업계획 및 진행을 하여 연구 분석을 했다.

네트워크 연구와 그동안 35년간의 귀농 실전 경험으로 귀농, 귀촌이 어떻게 하면 성공할 수 있을까를 연구하는 프로젝트였다. 농촌관광을 활성화하여 농촌 소득이 확보되는 길만이 도·농경제가 균형 있게 발전할 수 있다(황형구, 1994). 활성화된 농촌경제 바탕 위에서 소득을 보장할 수 있어야 농촌 인구가 확보될 수 있다는 것을 부인하는 사람은 아무도 없을 것이다.

2011년의 연구 결과를 분석하여 2012년 상반기에는 농한기를 이용하여 체험교육농원 운영자들의 서비스 및 각종 체험교육에 필요한 기본 교육을 실시하였다.

2년간 농촌체험교육관광을 연구한 결과, 귀농인들에게 계획적이고 체계적으로 교육을 하고 창업시켜야 한다는 결론을 얻게 되었다. 지역여건상 체험교육장이 멀리 떨어져 흩어져 있으면 네트워크 체험을 실시해야 되겠으나 교통체증으로 차가 밀려 시간 내에 여러 활동을 할 수 없거나 아이들이 체력적으로 지쳐 제대로 된 체험을 하기 어려운 상황이 생기곤 했다. 그렇다면 '친구창조체험교육마을'의 경우 6명 이상의 경영주들이 6개 이상의 기능 달인체험관광농원으로 자리 잡게 되면 어떨까?

이렇게 여러 체험들이 한 자리에 모여 함께 운영이 된다면

첫째, 여러 가지 체험들을 함께 할 수 있는 장점이 있다.

둘째, 6명의 농원 경영주 중 4명 이상이면 어느 정도 인원의 체험교육은 충분히 가능하다.

셋째, 5일 일하고 이틀씩은 놀면서 체험농원을 경영할 수 있다. 그야말로 경영과 여가를 겸한 농원을 꾸려갈 수 있다.

특히 어린이들이 길에서 아까운 시간을 보내지 않고 합리적으로 체험교육을 할 수 있다는 점에서 경쟁력이 생긴다.

이렇게 우리나라 국내관광 중에서 농촌체험관광이 활성화되고 도시와 농촌경제가 균형이 잡히려면 '꾼들의 창조체험교육마을'이 활성화되어야 하겠다. 체험교육 농원의 자원의 질을 높이고 인력을 확보하여 고장마다의 차별화된 경쟁력을 확보하여야 지속적인 농촌 보존도 가능하다(류선무, 1997).

인생 역전드라마, 마지막 직장을 정하자

귀농지 선정만큼이나 어려운 일이 또 없을 것이다. 뭉치면 살고 헤어지면 죽는다는 원칙을 잊어서는 안 된다.

지도를 펴놓고 우선 마음이 끌리는 곳으로 정하자. 그리고 재정 형편에 맞는 곳을 탐색해 본다. 수도권에 살고 있는 사람이라면 서울 외곽의 고속도로를 중심으로 한 시간 거리, 두 시간 거리 등 시간대별로 정해놓고 물색을 해보는 것도 하나의 방법이 될 수 있다.

본인의 고향도 좋고, 다른 귀농자가 먼저 가 있는 곳도 좋다. 귀농자의 마음은 귀농자가 잘 알아서 서로 의지할 수도 있다.

그러나 귀농지 선정에 너무 시간을 끄는 것은 옳지 않다. 내 맘에 쏙 드는 귀농지를 찾는 것은 쉽지 않다. 농경지가 어떤 곳이 좋겠다는 생각을 언제나 머리에 숙지하고 찾아봐야 한다. 토지의 인연은 따로 있다고 옛날 어른들이 많이 이야기를 한다. 정들면 고향이라는 말도 있듯이 정들면 최고의 귀농지가 될 수 있는 만큼 일단 저지르고 보는 법도 배워야 한다.

보금자리를 잡을 곳의 꼭 필요한 네 가지 법칙이 있다. 도시에서도 땅을 마련하거나 집을 구할 때 적용할 수 있는 법칙이다.

첫째, 길이 아니면 갈 수가 없다.

당신이 구입하고자 하는 땅에 길이 꼭 나 있어야 한다. 종로나 무교동 상가도 길이 크면 클수록 좋다. 만약 정하고자 하는 곳에 길이 없다면 앞으로 확보할 가능성이라도 있어야 한다. 길은 사업의 생명이다.

둘째, 인접한 곳에 물이 있으되 계곡이 흐르는 물이 있다면 더욱 좋다. 농작물을 재배하거나 내가 먹고 살기 위해서 물은 생명과 생활의 필수이다. 지표수는 약간 오염되어 있더라도 지하수나 계곡 물만큼은 꼭 신선해야 한다. 체험하러 온 어린이들과 자식들이 마음 놓고 물을 즐기고 먹을 수 있어야 한다.

셋째, 노동력이 있어야 한다. 귀농을 계획했다면 지금부터라도 운동을 하라. 농촌에서 일을 하려면 경운기를 몰거나 관리기를 몰아야 한다. 그러려면 힘이 필요하다. 자기 노동력과 가족 노동력은 물론 외부 노동력을 쉽게 구할 수 있어야 한다. 그래서 이웃과 품앗이를 하는 것은 아주 중요하다. 공동으로 계획을 세워 작목을 관리할 수 있으면 좋다. 만약 7명이 함께 귀농을 한다면 함께 영농법인을 만들어 운영할 수 있고 각자가 구입한 땅을 키워 더욱 큰 사업을 할 수도 있다.

넷째, 이 세상에서 가장 중요한 협력자, 배우자의 동의를 구하라. 사업의 최고의 동반자이자 협력자. 귀농을 하려면 먼저 가족의 동의와 협력자의 동참이 있어야 한다. 이것이 성공으로 가는 가장 빠른 지름길이다.

농업을 전업으로 하는 옛날 귀농과 지금의 귀농은 전혀 다르다. 내가 평생 가졌던 직업을 농촌으로 연장해서 체험교육장을 만들고, 친환경 유기농업을 연구 개발하여 새로운 친구로 맺어진 작은 마을을 탄생시켜 인생 역전 드라마를 위한 직장을 만드는 것이 오늘날의 귀농의 목적이다.

귀농지가 결정이 되고 귀농을 단행하게 되면 인근 주민이나 마을에 베푸는 습관을 키워야 한다. 마을의 일년 대소사를 달력에 기록을 하고 마을 이장에게 협조를 아끼지 말아야 한다. 노인회관의 대소사도 잊지 말고 챙겨야 하며 청년회, 부녀회의 모임에도 협조를 아끼지 말고 언제나 몸으로 도와주든 찬조금 정도는 챙겨 주어야 한다. 농촌의 생활은 '베푼 것만큼 돌아온다.'라는 생각을 가지고 하는 것이 옳다.

흙은 늘 정직하다.

내가 땀을 흘린 만큼 받을 수 있지만 사람은 그렇지 않다. 내가 사람들에게 베풀고 기대며 사람들이 내게 기대는 아름다운 관계가 꼭 뿌린 만큼 돌아오지는 않지만 어느 정도 베푼 것만큼은 돌아온다고 생각하는 것이 좋다.

1. 농촌에서 자급자족하기 (의식주)

먹고 사는 일은 매우 중요하다.

농촌에서 먹고 살기 위해서는 당신이 재배할 작목 책을 구하라. 여러 가지 작목을 설명하되 아주 부피가 작게 작목을 설명한 책이 좋다.

귀촌을 하여 의식주를 자급자족하고 건강을 돌보는 농업으로 하려고 한다면 밭농사와 집을 짓기 위한 전(田) 또는 임야(산)를 600평 정도 구입하고 논은 400평 정도 구입하는 것이 좋다. 벌을 위한 벌통 한두 개, 젖을 위한 양 두 마리, 고기를 위한 토종닭 몇 쌍 정도를 구입하면 일단은 젖과 꿀이 흐르고 고기가 노는 농촌이 된다.

귀농을 할 때는 국가적으로 식량 무기화를 대비하여 농지를 보존하는 차원에서 농지를 이용한 영농체험교육 행사를 준비해야 한다. 약간의 답(畓)과 가격이 저렴한 산(山)을 구입하는 것이 바람직하다. 산은 각종 산나물이며 유치원과 초등학교 교과서에 나오는 각종 나무들이 많이 있는 자연친화적인 교육 체험을 위한 보물창고다. 여기에 조금만 노력을 더하면 약간의 밭으로도 활용이 가능하다.

여러 명이 함께 귀농을 한다면 밭과 논과 산이 동시에 어우러진 곳을 구입하는 것이 좋다. 이 때 반드시 개인별로 소유권 등기나 분할 등기를 하여 모두가 책임을 지고 운영을 하는 영농교육장을 확장하는 것이 좋다. 공동으로 명의를 하고 공동으로 책임을 지는 공동농장은 공산국가에서 이미 많이 실행했지만 실패가 많았던 사례임을 참고하자.

의(衣)를 고민하는 분들이 많이 있을 텐데, 우리나라는 옷이 정말 저렴하다. 가까운 대형 도매시장에 가서 일하면서 입을 옷을 몇 가지 구입하면 옷에 대한 염려는 잊어버리고 생활할 수 있다. 우리나라에서 옷보다 더 싼 것은 없는 듯하다.

주(住)를 해결하기 위해서는 많은 연구가 필요하다. 우선 남의 이야기만 듣고 무조건 시작하는 것보다 컨테이너 박스를 설치하고 생활하면서 친환경적이고 가격이 저렴하게 손수 제작이 가능한 방법을 찾아보는 것을 권한다. 건강에도 좋고 차별화된 건축, 그러면서 무엇보다 단열에 더욱 신경을 써야 한다. 겨울에 단열이 잘 되는 집은 여름에도 냉방이 잘 되고 시원하다. 지은 지 100년 가까운 고택이 아니라면 헌집을 사서 수리하는 것은 더 고생이 심하고 차별화된 건강 주택이 될 수 없다. 도시 사람들이 오면 기거할 수 있는 황토집 같은 친환경적인 건축을 염두에 두고 생활하는 것을 연구해 보기를 권한다.

2. 교육과 의료

시끄러운 도시를 떠나 농촌으로 가겠다고는 했지만 우선 혼자서 생활하겠다는 생각을 버려라. 병이 나면 병원에 돈을 싸들고 가야만 한다. 병이 생기면 치료를 하겠다는 생각도 버려라. 병에 걸리지 않도록 평소에 건강관리를 잘 하면 병원에 갈 일이 없어진다.

식생활과 생활습관을 친환경적으로 건강을 유지할 수 있도록 하자.

유기농업을 해서 우선 내 건강을 챙기고 그리고 간단한 병은 침술이나 뜸을 이용해서 손수 시술할 수 있도록 배우는 것도 좋다.

아이들의 교육 때문에 도시로 가는 것은 어떻게 해결해야 할까? 우선 우리의 가치관을 바꾸어보자. 내가 사는 지역의 교육기관을 새롭게 개선해 차별화된 대안학교를 만들 수도 있다. 도시에서 거리가 먼 초등학교라 인원이 줄어서 폐교를 시킬 것이 아니라 이웃

지역과 네트워크를 만들어 외국인 교사와 기숙사를 확보해 능력 있고 차별화된 국제대안학교를 만들 수도 있다. 이렇게 하면 농촌 지역 활성화에 도움도 되고 창조체험마을의 활약에도 도움이 될 것이다.

3. 친구가 되자

혼자서 시골에 가서 개척을 하겠다는 생각을 하고 있다면 그 생각 자체를 버려라. 친구를 만들어 정착하고 힘을 합쳐야 한다.

아프리카 개코원숭이도 뭉치면 살고 헤어지면 죽는다. 무리를 떠나면 죽는다는 것을 안다. 우리의 조상들은 자신들이 사회적 동물이고 단지 보호를 받기 위해서만이 아니라 생활의 즐거움을 익히기 위해서 무리를 이룬다. 멍텅구리라는 뜻의 idiotlidiətl는 그리스어에서 혼자 사는 사람에서 나온 말이다. 공동체에서 혼자 떨어져 사는 사람은 정신적으로 문제가 있다는 발상이 스며들어 있다.

마음의 균형을 잡기 위해서 남들과 어울리며 함께 살아가야 한다. 인간관계에서는 공짜는 있을 수 없다. 득을 보려면 어느 정도의 정성을 들여야 한다. 다른 사람의 목표에 관심을 기울일 준비가 되어 있어야 하고, 내 목표와 다른 사람의 목표의 합일점을 찾아야 한다. 그래야 친구가 될 수 있다.

친구란 무슨 일을 하든지 함께 있으면 행복지수가 올라간다. 집에서 일을 하지 않던 사람도 친구집에 가면 궂은 일을 곧잘 도와준다. 왜일까? 그것은 신이 나서 적절히 어울릴 수 있기 때문이다. 우정은 서로 애정을 준다. 이쪽저쪽 서로 강제하지 않고 결코 한자리에 고여 있지도 않는다. 우정은 항상 새로운 정서적 자극을 주어 권태나 무감각이 스며들 여지를 남겨두지 않는다. 친구는 일평생 가도 끝이 없는 자극을 줄 수 있는 무한한 잠재력을 가지고 있어서 우리의 정서적·지적 기량을 닦는데 큰 도움을 준다.(칙센트 미하이)

4. 유기농산물과 작물 선택하기(6차산업의 활성화)

귀농을 해서 작물을 선택할 때는 먼저 안정성을 최우선으로 하라. 우리의 식탁 위에 놓여 있는 것은 어디에서 왔는지, 누가, 어떻게, 언제 생산했는지 생산 실명제가 도입되었다. 값싼 중국 농산물의 위생이나 농약 사용으로부터 차별화가 된다. 특히 제초제를 이용한 농산물인지 여부를 실명제를 통하여 밝힘으로써 차별화된 농산물로 인정을 받도록 하고 있다.

농촌에서 유기농업을 하는 사람이 많은데, 그들은 제 값을 받고 있을까?

먼저 쌀농사를 짓고 있는 경우를 살펴보자.

시장 개방이 되면서 김포쌀의 경우 1990년대 당시 18만 원 선을 받을 수 있었다. 그 시기에 메기를 키우는 논에 벼를 심어 농약을 전혀 사용하지 않고 100% 유기농법으로 쌀을 지었다면 과연 얼마를 받을 수 있었을까?

그 때는 유기농업의 인식이 널리 퍼지지 않았었다. F회사에서 일반 쌀보다 20% 더 가격을 쳐서 주겠다는 제안이 들어왔었다.

쌀농사를 지어서 생활을 유지하겠다고 한다면 현재의 시세로 쌀 한 가마에 50만원은 받아야 적정한 수준이다. 왜냐하면 초기 토지 용역비용이 너무 비싸기 때문이다. 농협에서 융자를 얻어 8만원짜리 논 1,000평을 구입했다고 하자. 논농사 800평에 200평은 주거할 집을 지어서 살 계획이다. 8,000만원을 은행 이자 연(年) 2.0%로 계산하면 1년에 이자비용만 160만원이다. 논 200평에 쌀 3가마, 800평이면 12가마 정도가 생산된다. 쌀값이 한 가마에 15만원이라면 180만원, 한 가마에 50만원이라면 600만원이 나온다. 계산하는 방법에 따라 조금씩 다르기는 하겠지만 종자값, 논 가는 비용, 이앙기 대여비, 그 밖에 농약값, 콤바인 비용, 전기 요금 등등의 모든 비용을 합쳐서 쌀 한 가마를 생산하는데 2만 5천원은 들어간다. 이래서 귀농 자금은 연(年) 1% 미만으로 대출을 해줘야 한다는 계산이 나온다.

경작 경비(200평 기준) _ 약 171,000원

- 비료(밑거름 정부지원) 6,000원
- 제초비 10,000원
- 논갈이 60,000원
- 못자리 60,000원
- 이앙기 30,000원
- 살충제 5,000원

쌀 수확(3.5가마, 한 가마당 150,000으로 가정)
(3.5 × 150,000 = 525,000원) 약 525,000원의 소득이 생긴다.

525,000 − 171,000 = 354,000
354,000 × 4 = 1,416,000원이 소득이다.
땅값 8천 만원의 이자 1,600,000원을 공제하면 −184,000원

따라서 일본처럼 은행이자가 0%이어야 1년에 1,416,000원이 남는다. 쌀 한 가마에 150,000원이 보장되고 은행이자가 0%일 때는 전문가의 말에 의하면 2만평의 농사를 지어야 1년에 35,400,000원 정도의 소득이 발생할 수 있는 것이다.

결국 벼농사만을 지어서는 소득이 나오지 않기 때문에 농지보존이 어렵다. FTA의 식량 무기화의 대안으로 1차적으로 농지를 보존하는 역할을 하기 위해서는 농지보존법부터 바꾸어야 한다. 6차산업을 위해서는 80% 이상의 농지보존, 창조체험관광농원을 위해서는 10~ 20%의 농지 전용을 할 수 있도록 해야 한다.

기업형 전업농에 귀농 달인들이 함께 참여하여 차별화된 농업을 함으로써 소득이 창출되고 6차산업이 활성화될 수 있다. 전업농에도 달인 유기농 체험농업과 기능 달인들의 체험교육 관광농업을 경영해야 한다.

5. 자기계발 (평생직업의 기능을 체험교육으로 승화)

국수쟁이

2012년 현재 100살이 된 사람의 수는 1,200명, 2016년 현재는 전국적으로 2,000명이 넘는다. 미래전략석학자 제롬 글렌은 '은퇴자들은 직업이 아니라 시장을 찾으라'고 했다.

실업률은 치솟고 고령사회로의 진입은 급속도로 진행되고 있는데 은퇴한 뒤에 당신은 무엇을 할 수 있는가?

당신이 이 나라가 필요로 했던 기능자라면 아직도 할 일은 많다.

기술을 가르치거나, 인터넷에서 시장을 창출할 수 있다. 은퇴한 사람은 굳이 서울을 비롯한 대도시에만 있어야 할 이유가 없다. 시골로 가서 지금까지 갈고 닦은 꾼들의 재능을 인터넷으로 홍보하여 소득을 창출하자.

달인들끼리 힘을 합쳐야 한다. 귀농인들만의 작은 공간, 작은 마을을 만들자. 기능 달인들이 만든 창조귀농 체험관광농원 또는 마을이 필요하다. 평생 나를 위해 연마한 기술을 나라와 미래를 위해 우리의 아이들에게 진로 체험으로 제공해 보자.

歸農
RETURN
FARMING

5명만 모인다면 경쟁력을 가질 수 있을 텐데!

블루베리 농장 _ 김기생 사장

전북 무주군 귀농협의회장 김기생 사장. 그는 귀농 전에 사업을 하다가 2억을 가지고 귀농을 했다. 47살에 귀농을 하여 7년차 블루베리를 주요 작목으로 연간 1억의 농가 소득을 올리고 있다.

블루베리라고 하면 가히 달인의 수준으로 소개할 수 있는 사람이라 할 수 있다. 전북 무주는 고랭지로서 면소재지가 해발 430m이고 김기생 사장의 농원은 400m의 고랭지. 여의도에서 벚꽃 축제가 한창일 때 여기는 남쪽인데도 그제서야 벚꽃이 피기 시작한다.

귀농 초기에는 토마토를 주요 작목으로 농사를 지었는데 죽도록 고생을 하고 큰 소득은 없었다고 한다. 지금은 일교차 4도 이상의 기온을 이용해서 특별한 맛을 내는 것으로 차별화하려고 블루베리를 작물로 선택을 했으며 기후를 이용해서 출하시간을 차별화하고 있다.

일반적으로 블루베리는 7월 25일경에 출하가 끝나는데 7월 말부터 8월 25일까지 출하를 하는 방법으로 차별화하여 가격 경쟁력을 키웠다. 이 시기에 블루베리를 출하하는 곳은 평창과 이곳 두 군데 뿐이다. 같은 시기에 홍수 출하를 막는 출하시간 차별화 전략은 농가 소득을 올리는 열쇠이다.

농장을 방문하는 손님에게는 블루베리를 따는 체험을 할 수 있도록 하여 1kg에 15,000원을 받는다. 체험을 하지 않고 판매만 한다면 1kg에 23,000원을 받는다. 체험하는 동안 블루베리를 많이 먹는 사람이라고 하여도 성인 1인당 600~700g을 먹고, 어린이들은 이만큼 먹기가 어렵다. 여기에 성인들은 자기가 수확한 블루베리를 평균 2~3kg 가량 사서 포장해 가니까 체험을 하면서 먹는 것을 계산해도 농장차원에서는 인건비가 절약된다.

블루베리는 한 사람이 40~50kg 수확이 가능하고, 키우는 동안 크게 할 일이 없는 작물이다. 풀이 나지 않도록 비닐을 씌우고, 농약을 주지 않으며, 하우스 건축 비용도 60% 보조가 가능하다. 그래서 나무의 전지는 3천 평을 혼자서 일주일이면 충분하다.

김기생 사장은 추위에도 내복이 없이 일을 하는데 항산화성분이 많은 블루베리를 많이 먹어서라고 한다. 지금은 사업을 함께 할 한 사람이 생겼다.

앞으로 김기생 사장의 꿈은 5명 정도만 모여 알차게 지역 체험시장을 형성하고 경쟁력을 갖추는 것이라고 한다. 그렇게 하면 서울 도매시장에 출하를 할 경우에도 경쟁력이 갖춰질 것이라고 믿고 있다.

최근 김기생 사장은 페루의 안데스에서 마카라는 인기상품을 구했다. 앞으로 마카라는 수무 작목을 심어 효과를 보려고 연구 중이다.

별첨 2

감 밭과 감물 염색 공방의 네트워크!

전국 30%의 감물 공급자 "진감"마크 _ 한동근 사장

감 밭과 감물 염색 공방의 네트워크를 형성하고 있는 한동근 사장은 외항선 선장을 하다가 37년 전에 귀농을 했다. 그동안 감물 짜는 법을 알아내려고 고생을 많이 했다. 2년 동안 감물을 짜보고 그 후 3년을 연구한 끝에 5년 만에 감물을 만드는데 성공을 했다. 땡감만 이용 가능하며 연간 감물 생산 매출은 5억원, 전국 상권의 30%를 차지하고 있다.

한동근 사장은 연구를 계속한 끝에 남이 하지 못하는 것들을 해냈다. 택배가 되지 않았는데 가능하게 했고, 자동시스템이 되도록 했으며, 감물 빼는 기계도 제작 완료했다.

950평의 작은 감물공장이지만 2년 전 8억에 사겠노라고 부동산 업자가 왔었다. 하지만 한동근 사장은 이 공장 부지를 팔지 않았다. 요즘 어린이들은 아토피 피부병이 너무 많아서 천연염색이 꼭 필요하다고 생각했기 때문이다.

천연염색 체험공방은 공장 인근에 자리하고 있다. 공방은 대구

시내까지 30분 거리로 조경시설도 감나무로 갖추어져 다른 지역과
차별화가 잘 되어 있어서 많은 체험객들이 찾아온다. 감 밭과 감물
염색 공방을 네트워크화하여 감물 공급에 성공한 한동근 사장은
이제 우리 마을은 홍보만 잘 하면 소득 오를 일만 남았다고 자랑을
한다.

歸農
RETURN
FARMING

3장

추세는 기업형 귀농

추세는 기업형 귀농

귀농과 귀촌은 언제 시작되는가?

귀농의 경영 키워드는 어려운 경영환경을 이겨 나가기 위해서 비상한 각오가 절실하다. 지난 시절의 성공은 잊어버리고 이제 다시 시작해야 한다. 마찬가지로 실패를 마음속에 품고 있는 것은 죽음을 재촉하는 것과 같다. 현재는 우리만 어려운 것이 아니다. 유난히 우리나라만 어려운 것도 아니다. 전 세계가 모두 힘들고 어렵다. 세계 경제가 어려운 가운데서도 굳건히 성장하며 발전하고 있는 곳은 우리가 있는 대한민국이다.

나일강의 기적은 한강의 기적과 비교할 수가 없다. 그들은 나일강의 기적이 있기 이전에 이미 세계를 리드할 수 있는 과학과 힘을 가진 나라였다. 그러나 우리는 어떤가?

한강의 기적은 그야말로 "0"에서 이룬 기적이다.

향수를 달래기 위해 경동시장 지하 노점시장에서 배추 칼국수를 먹었다. 안동 배추 국수와 간혹 쌀알이 한 알씩 있는 조밥을 먹으며 많은 향수를 떠올렸다.

먹을 것이 없던 시절에 나는 이런 조밥을 먹었지, 그런데 이제는 별미로 먹는 세계 8대 경제대국의 배추 국수는 더욱 특별한 맛이 있었다.

지난날의 성공은 모두 잊어버리자! 실패가 있었다면 그것 또한 잊어버리자!

도전하고 정열적으로 개척의 길을 찾는 것만이 귀농 성공의 지름길이다. 오로지 당신이 갈고 닦은 당신의 기술을 가지고 친구와 이웃이 똘똘 뭉치는 것만이 성공으로 향하는 길이다.

앞으로의 경제를 멀리 보면서, 시대의 흐름을 읽고, 그 속에서 귀농의 미래를 찾아야 한다.

인생의 역전 드라마를 위한 마지막 사업으로 농업 브랜드의 가치를 높이기 위해 글로벌한 네트워크로 똘똘 뭉친 친구들의 귀농이 필요하다.

귀농 친구들이 유기적인 협조를 통해서 구매 시장의 변화에 능동적으로 대처를 하며 인터넷을 활용한 마케팅으로 인터넷 뱅킹, 스마트폰 마케팅을 유도한다.

일을 하는 나는 신나는 일등 달인이다! 나는 일등 꾼이다. 이제 인생 역전 드라마를 실현할 시기가 왔다.

달인이 아니면 힘들다는 것이 냉엄한 현실이다. 고객의 가치를 높여주는 차별화된 꾼들로 하여금 2세들의 진로 체험교육이 가능하다. 기술이 무르익은 꾼이 되어, 자연이 그리워지고 고향이나 농촌의 향수가 느껴진다면 당신은 지금 귀농을 해야 할 때이다.

일평생 한 가지 일에 몰두해 온 당신, 귀농에 최고 적격이다.

이제 귀농을 결심했다면 먼저 귀농의 형태부터 살펴보자. 보유하고 있는 자금의 정도에 따라 귀농의 형태와 정착지를 선정해야 한다.

첫째, 도시민들의 접근성, 시장성, 체험을 위한 경영 조건 등을 점검한다.

둘째, 여러 농원을 반복해서 방문해 벤치마킹을 하고 함께 할 달인들이 융합이 잘 되도록 조합을 만들어 본다.

셋째, 마케팅 전문가의 컨설팅의 도움을 받아본다.

넷째, 기억력만 믿고 사업을 시작해서는 안 된다. 언제 어디서든 무소부지의 신념을 갖고 사업에 피가 되고 살이 되는 메모를 하는 습관을 들인다.

기업형 귀농의 구분

기업형 귀농은 자금력이 충분한 귀농인이 주축이 되어 농·수·축산업 중 한 가지 작목으로 법이 정한 면적 20%를 반드시 확보하여야 한다. 현재 관광농원을 운영하고 있거나 입지를 구입할 능력이 있는 귀농인이 기업형 귀농을 하기에 좋다.

농업에 관련된 영농체험을 기본으로 각종 달인 체험을 응용함으로써 고객을 유인하는 달인 명소 체험관광농원을 만들 수 있다. 동적으로 정서적으로 변화하는 노블티(신기한, 새로운)로 창조적이며 지역 문화가 녹아 있는 지역적 차별화를 연구한다. 지역 특색의 프로그램을 네트워크로 기획하여 차별화된 로컬푸드 농원을 만들고, 나아가 마을 개발과 지역 경제 발전에 이바지할 수도 있다.

불모지 또는 유휴지나 생산성이 약한 농지를 귀농 관광농원으로 기획하여 최소의 자본으로 하드웨어보다는 소프트웨어를 지향하는 명소를 만드는 것이 기업형 귀농으로 성공하기 쉽다.

체험의 종류는 기본적으로 5가지 이상을 구상하여 갖추어야 경쟁력이 있다. 그리고 자활을 위한 끊임없는 교육이 향후 상생과 창조를 만들 수 있다. 체험을 도와줄 해설사(캐빈)는 달인의 경지에 도달하는 의욕을 가진 기능인을 섭외하여 채용하는 것이 좋다.

체험교육농원은 자라나는 세대들을 위한 사업으로서 지나친 욕심만 부리지 않는다면 후배에게 후임으로 임대를 하거나 물려주어도 영원히 발전할 수 있으므로 농촌의 인구가 줄어들 걱정을 하지 않아도 되고, 수백만의 달인 귀농도 가능할 수 있다.

일반 민법상 전·월세 매매의 범주 안에서 전월세가 이루어지는 것을 원칙으로 한다. 기업형 관광농원에서 분양을 받는 경우로서 체험 농원을 배우면서 참여할 수 있다. 정년퇴임을 한 기능인으로서 농원 운영에 자신이 없는 사람에게 적합한 방법이라 할 수 있다. 각각의 달인들이 상생하며 개별 체험을 활성화할 수 있다.

수만 가지의 직업에서 처음부터 연합하여 6가정 또는 6명 이상이 적합한 입지를 선택해서 귀농하는 방법으로 서로 마음이 맞는 사람들끼리 귀농을 하기에 좋은 방법이다.

1. 매매분양형

대부분 기업형 귀농에서 이루어질 수 있는 방법이 되겠지만 관광농원이나 체험마을에서 체험 프로그램을 확보하기 위해서 구성할 수 있는 귀농형태가 바로 매매분양형 귀농이다.

일반 부동산 거래처럼 체험마을에서 농가나 부동산을 분양하면서 계획적으로 체험 프로그램을 위해 공개적으로 달인 기능 귀농이나 달인 기능 귀촌자를 뽑는 방법이다.

진로 체험을 위한 여러 가지 체험을 갖추는데 좋은 방법인데, 체험마을에서 다양한 인센티브를 제공하며 선택적 분양으로 고객 확보를 하는데 좋은 기회라고 할 수 있다.

관광농원에서 체험 프로그램을 도입하여 이웃의 외로움을 덜고 앞으로 정부로부터 체험마을의 혜택을 받기 위해 변신을 하고 있다. 그런 전문 체험농원으로 변신을 하기 위해 인재를 확보하는 차원으로 생각하면 좋다. 달인을 공개적으로 모집하고 농지나 농가 또는 건축물을 분양 매매하는 방법으로 6가구 이상 20가구를 확보하여 마을을 만들어야 경쟁력을 갖출 수 있다.

체험을 당일만 하고 그칠 것인가? 1박 2일 숙박 체험인가에 따라 달인을 확보할 수 있어야 한다. 매매분양형에서는 개인의 등기 권리나 이용하는 길 문제를 확실히 하고 소득 분배 방법도 잘 고려하여 인간관계에서 나타날 수 있는 분쟁까지도 모두 예측하고 분양을 해야 한다.

2. 임대형 분양

관광농원이나 기업형 농원, 체험마을에서 체험 프로그램을 확보하기 위해 소득 방법을 제시하며 공개적으로나 전문 인맥을 통해 기능달인 귀농, 귀촌인을 모집하는 것이 임대형 분양이다.

일반적인 부동산 거래방법으로 하는 것을 원칙으로 하여 법적 시비를 줄이도록 한다.

첫째, 재력이 있는 달인에게 농지나 토지를 임대하여 들어오는 사람의 구미에 맞게 체험장을 만들게 하는 방법

둘째, 체험 스타일과 농원의 재정에 따라 체험장을 만들어 놓고 분양하는 방법. 이 방법은 임대하여 들어오는 사람이 경제적인 부담이 없이도 귀농, 귀촌하여 본인이 평생 닦은 기술을 어린이들의 진로체험으로 이용할 수 있고 농촌의 한 구성원이 될 수 있다는 장점이 있다.

3. 전세 분양형

원칙은 마찬가지로 부동산 거래법에 따라 계약을 한다. 기업형

농원이나 관광농원 체험마을에서 꼭 필요한 인재를 뽑는 방법이라 할 수 있다. 면접을 통해서 체험 기능 달인을 모집하는 방법으로 기본적인 소득만 보장된다면 달인 기능 인재 모집은 쉬울 수 있다.

4. 급여형

기업형 농원이나 관광농원, 체험마을에서 경영을 확실히 하며 인재를 구하여 운영하는 방법이다. 처음 개장을 하는 농원으로서는 자리가 잡힐 때까지의 예비 임금을 확보하여야 한다. 경영의 재원이 부족할 경우 경영이 어려울 수도 있다. 확실한 경영을 하는 관광농원이나 기업형 농원 체험마을에서 달인을 고용하는 방법으로 임금만 적당히 협의가 되면 고용하는 방법은 어렵지 않을 것이다.

급여 고용형은 귀농, 귀촌과는 달리 농촌에 대한 사랑이나 의지가 약해 임금으로 인한 분쟁의 소지가 클 수 있다. 그리고 농촌에 터를 잡고 살아갈 농촌인구를 확보하는 데는 부적절한 방법일 수 있다.

관광농원을 활성화하려면

전국에 흩어져 있는 관광농원도 권위와 소유욕을 버려야 할 때가 왔다. 관광농원들은 이 책을 보고 지금까지와는 다른 마음을 가져야 한다. 입지가 큰 관광농원은 5가구 이상 20가구까지 '달인 귀농인'을 모집해야 한다. 그래서 달인 귀농인이 농촌에 잘 적응하고 살 수 있도록 분양형, 전세형, 임대형, 급여형 등 어떤 방법을 도입해서든지 농원의 체험을 활성화시켜야만 시대의 흐름에 뒤처지지 않고 경쟁에서 살아 남을 수 있다.

우리의 다음 세대를 위해 '친구 창조체험관광농원'을 만들어 자라나는 2세들의 진로 체험을 할 수 있도록 해야 농원이 활성화될 수 있다.

우리 관광농원은 이미 준비된 상태이기 때문에 숙달된 달인 귀농인들만 면접을 통하여 선발하면 된다. 물론 형제간에도 불화가 생길 수 있는데 달인들을 모집하여 여러 가구가 구성되면 불화가 생길 수도 있다. 그것을 우려하기만 할 것이 아니라 함께 살고 함께 풀어야 마을 개발이나 권역 개발에 밀리지 않고 살아 남을 수 있다.

4장

벌통형 네트워크 사업

벌통형 네트워크 사업

꿀을 딸 수 있는 벌통형 귀농이란?

조각장이, 피자요리사, 광대장이. 이 세 명이 귀농을 했다고 하자. 우선 장인공의 조각 체험, 요리사의 피자요리 체험, 그리고 광대장이의 연극 예술 체험을 할 수 있는 여건이 마련되었다. 그리고 영농작목도 서로 협의를 통하여 계절별로 체험이 가능한 포도, 감자, 벼농사를 경작함으로써 농업 체험 역시 구색을 맞출 수 있다.

만약 제빵사, 엿장수, 소리꾼, 자동차 정비사, 자전거 정비사, 이렇게 다섯 명이 귀농을 한다면 체험객들은 빵 만드는 체험을 한 후 빵을 간식으로 먹고, 엿 만드는 체험을 한 후에 엿을 간식으로 먹은 후 각종 예능계의 소리 체험을 할 수 있다. 그리고 자동차와 관련한 체험을 하고 자전거 박물관을 관람한 후 각종 영농 체험으로 포도, 감자, 고구마 체험 등을 계절별로 연계하여 체험이 가능하도록 작목을 선정해서 체험객의 수요를 채울 수 있다.

집단 이주 마을형 체험교육 농장 마을 만들기가 있다. 짐꾼의 전통 짐 나르기 체험을 비롯해 염색장이의 손수건을 비롯한 각종 염색 체험, 그림장이의 그림 그리기 체험, 춤꾼의 춤 체험, 떡장수의 인절미 치기 체험, 물고기 관광농원의 물고기 잡기 체험, 물고기 박물관 체험 등 교육 농장 체험과 각종 영농프로그램을 활용해 계절별로 체험이 가능하도록 할 수 있다.

이렇게 분야마다 최고의 달인들끼리 모여서 체험 실습을 운영하면 경쟁력이 매우 높아진다. 서로가 의지를 하고 모르는 것은 가르쳐 주고 정보를 공유함으로써 공동의식이 강해지고 외로운 귀농생활에 좋은 이웃이 될 수 있다. 게다가 한 사람 한 사람 개인이 만들어야 하는 기반시설을 함께 만들 수 있고 각 개인의 적은 자본이 모이게 되어 거대한 자본을 만들 수 있다. 또한 여러 농가 중 한 농가가 급한 일이 생겨 일을 하지 못하는 경우가 생기더라도 다른 농가의 도움으로 빈 곳을 채울 수 있다. 뿐만 아니라 개인의 경우보다 여럿이 모이면 정부의 기반시설 지원을 얻어내기가 쉽다. 그리고 다양한 체험을 통해 사계절 프로그램을 골고루 짤 수 있게 된다.

농촌 네트워크를 이용한 새로운 도전

내가 정착하여 살고 있는 경기도 김포시는 예로부터 우리나라의 주식 생산을 담당하던 중요한 곳이었다. 지금도 옥토가 비옥하고 공기가 좋아서 많은 농작물들이 재배되고 있다. 특히 김포에서는 김포금쌀, 포도, 고구마, 인삼 등이 주요 작물로 재배되고 있고, 최근에는 인삼금쌀로 만든 막걸리도 유명하다.

그리고 김포시는 서울과 인근 수도권과의 접근성이 뛰어나 많은 관광자원과 농촌자원을 도시민들에게 제공하기에 아주 좋은 지리적 요건을 가지고 있다. 하지만 많은 관광객들이 김포라고 하면 강화도로 가는 길목 정도로 여기고 있고 김포에 어떤 놀거리와 먹거리가 있는지 잘 알지 못한다. 그래서 현재 김포시에 있는 일부 관광농원들이 개별적으로 체험객을 유치하고 있지만 관광농원을 시작하려고 하는 사람들과 기존 농원 경영자들 간의 연계가 부족하여 이런 네크워크가 필요하다는 생각을 하게 되었다.

지난 2011년, 내가 소속되어 있는 김포시관광농업연구회에서는 이런 농촌 관광을 조직화하여 도시민들도 편리하게 김포시의 관광자원을 이용하고, 김포시의 관광농원 활성화를 위해 벌통형 농촌관광네크워크를 운영하였다. 유형별 테마 체험농원과 관광자원 프로그램을 개발하고 이를 시범 운영한 것이다. 이것은 지금까지 산발적으로 운영해왔던 관광농원 사업을 어떻게 하면 더 잘 운영하고 확대할 수 있을까 하는 연구 끝에 나온 사업 모델이었다.

김포시농업관광연구회 회원들의 체험농가의 협조와 김포시의 재정 지원을 받아 김포관광자원 일대에서 진행된 이 사업은 2011년 6월부터 11월까지 6개월 동안 진행되었고, 단순히 관광에서 그치는 것이 아니라 주최 측의 요구와 참여하는 가족들의 요구를 설문조사하여 데이터를 구축하였다. 이것은 앞으로 관광농원을 활성화하는데 좋은 자료가 될 것이라는 판단이었다.

　　하나투어와 공동으로 국내여행 상품으로 개발하여 고객들에게 제공을 하면서 자연스럽게 홍보의 효과도 누릴 수 있었고, 이것이 상품으로서의 가치를 가질 수 있을지에 대한 사전 검증의 기회도 되었다.

　　고객을 모집하는 방법은 하나투어에서 국내여행 상품으로 판매를 하는 방법과 김포시관광농업연구회 회원과 연구원 및 관련 종사자와 그 가족들을 모집하는 방법으로 이루어졌다.

　　지금까지 체험객들은 한 번에 한 가지의 체험을 하든지 그렇지 않으면 본인이 코스를 짜서 개별적으로 관광농원을 찾아가는 방법으로 체험을 진행하였는데, 우리는 이런 불편함을 해소하고 다양한 체험을 할 수 있도록 여러 체험 프로그램을 하나의 코스로 구성하였다.

　　당시 김포시관광농원연구회 회원 중 관광농원을 운영하여 체험객을 받고 있는 곳은 김포곤충농장, 성동리마을, 김포푸름체험농원, 매화미르마을, 물고기관광농원, 봉바위관광농원, 수안산생태원, 이원난농원, 아리수 관광농원, 하동농원 등 10여 곳이 있었다. 이 중 김포곤충농원, 김포푸름체험농원, 매화미르마을, 물고기관광농원, 수안산생태원, 아리수 관광농원은 주 수입원이 관광객의 체험비였고, 이 외 성동리마을, 봉바위관광농원, 이원난농원은 각 농원의 특성에 따라 주된 농산물 수확이 주 수입원이었으며 관광객의 체험비는 부수입 정도였다.

이 중에서도 특히 관광객이 많이 찾는 곳은 문수산성, 애기봉, 대명항, 김포 함상공원, 태산 패밀리파크 등으로 나타났는데 이들의 특징 중에 하나는 국방유적과 관련된 자원이 많아서 대부분 아이들을 데리고 교육 목적을 가지고 방문하는 자녀 동반 관광객들이 자주 찾고 있었다.

그러나 최근에는 둘레길이라든지 등산 등 걷는 여가생활을 하는 사람들이 늘어나면서 문수산이나 문수산성을 찾는 사람들도 많아졌고, 이러한 추세에 맞추어 김포시에서도 둘레길 조성에 나서던 때였다.

본격적인 조사에 앞서 김포시관광농업연구회 회원들의 요구부터 파악하기 시작했다. 이들 회원들의 실태를 확인하고 이번 프로젝트를 통해 무엇을 얻고자 하는지, 원하는 바가 무엇인지 면밀히 파악하기 위한 설문을 진행했다. 이들의 생각과 요구를 파악하는 것은 이번 사업을 진행한 이후에도 관광농원을 활성화하는데 중요한 자료가 되기 때문이다.

우선 2011년 6월 13일에 있었던 김포시 관광농원네트워크 사업 설명회에 참여했던 회원들을 대상으로 설문조사를 실시했다. 설문지를 통한 답변으로 진행하는데 먼저 설문지에 대한 설명을 한 후 구조화된 설문지에 회원들 본인이 직접 기입하는 방식으로 진행했다.

설문지는 관광농원 일반적인 사항 11문항, 관광농원 현황 16문항, 관광농원 개선 16문항, 농촌체험관광이 성공하기 위한 중요항목 21문항, 인적사항 6문항, 기타 2문항 등 총 72개 문항으로 구성되었고, 설문지의 분석은 내용분석과 SPSS WIN Version 17.0 통계 패키지 프로그램을 이용하여 빈도분석을 실시했다.

이 외에도 연구진과 김포농업기술센터, 하나투어 상품설계관계자가 회원들의 관광농원을 직접 방문하여 인터뷰 조사도 함께 시행해 그 정확도를 더욱 높였다.

이렇게 조사한 김포시관광농업연구회 회원들의 설문지를 분석한 결과 24명의 회원 중 23명은 이번 사업에 참가하기를 희망했고 나머지 한 사람은 사업이 진행되는 상황을 보고 판단하겠다는 뜻을 밝혔다. 지금 현재 관광농원 사업에서 조금 더 발전된 형태를 바라는 것은 모두 같은 마음이었다.

설문에 참여한 총 24명의 회원 중 남성은 20명, 여성은 4명으로 남성이 83.3%로 압도적이었다. 연령대를 살펴보면 50대와 60대가 각각 41.7%, 45.8%를 차지하였고 학력은 고졸 이하가 45.8%로 가장 많았다. 이어서 대졸이 33.3%였으며, 대학원졸 이상도 20.8%로 회원들의 배움과 도전에 대한 열정이 높은 것을 알 수 있었다.

농원 현황에 대한 설문에서는 대부분 자신들의 농원이 편의시설이나 주차시설, 화장실, 휴식시설 등과 같은 시설적인 부분은 취약하다고 답하였고, 다양한 체험거리나 프로그램이 많지 않다고 평가했다. 반면에 혼잡하지 않고 아름다운 자연 경관을 가진 것과 주변에 많은 관광지가 있다는 것을 장점으로 생각하고 있었다. 특히 설문에서 눈에 띈 것은 자신의 농원에 방문하는 관광객을 친절하게 맞이할 수 있다는 설문에 가장 높은 점수를 주어 앞으로 올 관광객을 맞이할 마인드는 어느 정도 형성되어 있다는 것을 알 수 있었다.

또 회원들은 농촌체험관광이 성공하면 수입이 증대되는 것은 물론, 지역사회에도 좋은 영향을 끼칠 것이라는 긍정적인 평가를 하고 있었으며, 그러기 위해 가장 중요하게 생각하는 것은 체험에 대한 준비, 지역민의 단합, 그리고 전문성과 접근성을 높게 꼽고 있었다.

이렇게 차근차근 조사하고 준비한 김포시 농촌체험관광프로그램은 총 13회에 걸쳐 투어를 실시하였는데, 그 대상은 김포시관광농업연구회 회원과 김포농업기술센터 관계자, 한국관광학회 연구원, 하나투어 관계자 등으로 2011년 8월 9일부터 11월 13일까지 동원한 버스 대수가 19대였으며, 참여한 모객 수는 734명이었다.

현재 운영 중인 관광농원 10곳을 대상으로 한 프로그램당 5~6개 관광농원을 체험할 수 있었다. 모든 프로그램에는 식사와 체험 내용이 제공되었고, 버스로 이동을 하며 한 곳에서 1시간에서 1시간 30분 정도 체험할 수 있도록 프로그램이 구성되어 1인 19,000원에 판매되었다.

1차 팸투어 일정

방문시간	세부일정
07:50	시청역 출발
10:30	김포시 연꽃단지
11:30	하동노원 연잎밭 만들기 체험과 연잎밥 식사
13:00	창희포도원 포도따기 체험
14:00	이원난농원관광 및 난심기 만들기 체험
16:00	김포인삼쌀맥주 갤러리 관람 및 인삼쌀맥주 시음
18:30	시청역 도착

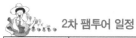 2차 팸투어 일정

방문시간	세부일정
08:00 09:30	하나투어 본사 출발 김포시 농업기술센터 출발
10:10	수안산생태원 체험
12:10	봉바위 관광농원 이동
13:20	봉바위 관광농원 시골밥상 및 체험
14:40	인초농원으로 이동
15:30	인초농원 사물놀이 및 한자
16:50	김포인삼쌀맥주 갤러리 관람 및 인삼쌀맥주 시음
17:10	대명항 및 함상공원 관람
18:00 19:30	김포시 농업기술센터 도착 하나투어 본사 도착

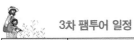 **3차 팸투어 일정**

방문시간	세부일정
08:00 09:40	하나투어 본사 출발 김포시 농업기술센터 출발
10:30	김포곤충농장(고구마 캐기, 곤충관찰)
11:30	물고기 관광농원으로 이동
12:00	물고기 관광농원(낚시체험 및 식사)
14:00	성동리마을로 이동
15:00	성동리마을(벼타작, 트랙터열차, 감자 시식, 이원난농원 관람)
16:50	김포인삼쌀맥주로 이동
17:10	김포인삼쌀맥주 갤러리 관람 및 인삼쌀맥주 시음
17:45	대명항 및 함상공원 관람
18:30 20:30	김포시 농업기술센터 도착 하나투어 본사 도착

 알뜰체험여행(식사 포함), 연꽃단지 연잎밥, 포도따기, 난화분만들기

일차	시간	세부일정	비고
1 일 차	08:00 08:30	시청역 출발 교대역 경유 출발	전용 버스
	10:00	화사한 연꽃이 반기는 김포시 연꽃단지에서 아름다운 연꽃 감상 및 산책 → 김포 체험여행의 시작은 아름다운 연꽃과 함께~^^ → 한강변에 조성된 5만평 규모의 연꽃단지를 산책로 따라 둘러보세요.~ → 가족, 연인, 친구와 함께 예쁜 사진도 찍고 소중한 추억도 남기세요.~	경기 김포
	11:30	연잎밥 만들기 체험과 웰빙 시골밥상 식사 → 은은한 연잎향이 솔솔~ 직접 만들어 더욱 맛이 좋은 연잎밥 웰빙 시골밥상 식사가 제공됩니다.	제공
	12:20	포도농장으로 이동	
	13:00	탱글탱글~ 주렁주렁~ 포도도 따보고 바로 맛보세요.~(2송이 제공) → 당도가 높고, 상큼한 친환경 포도따기 체험을 온 가족	

	이 함께 해요.~ → 포도농장에서 추억의 사진도 찰칵!~ 색다른 풍경이에요.	
14:00	이원난농장으로 이동	
14:30	국내 최대 종류의 난을 보유한 이원난농원 관람 및 난화분 만들기 체험 → 이원난농원은 30년 이상 양란 재배의 외길을 걸어 약 2,500여 종의 양란 원종을 보유하고 있는 농원으로 정말 신기한 난들이 가득해요.~ → 은은한 난향이 감도는 농원에서 재미있고 신기한 난 이야기를 들으며 난과 가까워지는 시간을 가져보세요.~ → 관람을 마치고, 이제 나만의 난 화분을 아기자기 만들어 보는 시간. 완성된 난 화분을 아기자기 만들어 보는 시간. 완성된 난 화분은 집으로 가져가서 정성껏 키워보세요.~^^	
16:00	이원난농원 출발	
16:30	김포인삼쌀맥주 갤러리 관람 및 인삼쌀맥주 시음(어린이는 홍삼음료 제공) → 김포의 특산품인 인삼과 금쌀로 만든 새로운 개념의 인삼쌀맥주로 더위와 갈증을 시원하게 날려버리세요.~ → 김포인삼쌀맥주 갤러리는 김포시 농원기술센터와 김포파주인삼농협에서 공동 출자한 시설로서, 갤러리를 둘러보며 김포인삼에 대해서 알아보세요.~	
17:00	연안 항구의 생동감과 정감이 오가는 대명항 및 함상공원 관람 → 대명항은 어부들이 그물질을 통해 잡은 해산물을 그 아낙들이 어판장에서 판매하는 자연산 전문 어항입니다. → 김포함상공원은 52년 동안 바다를 지켜오다 2016년 12월 퇴역한 상륙함을 활용하여 조성한 함상공원입니다.	개별 관람
18:00	여행정리 후 서울로 출발	전용 버스
19:30 20:00	교대역 도착 시청역 도착	

총 13회에 걸쳐 진행된 팸투어는 상당히 호응이 좋았다. 관광농원을 운영하려고 하는 이들뿐 아니라 농촌을 체험하고 싶어하는 도시의 가족들이 많이 참여를 하였고 저렴한 가격에 다양한 체험을 할 수 있는 알찬 구성에 특히 만족스러워했다. 체험에 참가한 관광객들은 이번 프로젝트에서 지역 정보나 체험 정보를 한눈에

알 수 있어서 좋았고, 다양한 프로그램을 체계적으로 체험할 수 있어서 좋았다는 평가를 했다.

하지만 이 프로젝트를 구성하면서 생각하지 못했던 복병이 드러났다. 프로그램이 너무 많아서 한 곳에서 깊이 있게 체험하지 못했다는 아쉬움과 특별히 재미있는 프로그램이 아니고서는 신선하지 않았다는 평이 있었던 것이다. 아이들이 할 수 있는 체험과 성인들이 할 수 있는 체험을 구분하거나 식사에서도 아이들을 배려했으면 좋았을 것 같다는 의견과 체계적으로 준비되어 있지 않은 미숙함에 대한 지적도 있었다. 그리고 무엇보다 체험공간 간의 거리가 너무 멀고 교통체증이 있어서 정작 체험활동 시간이 적고 아이들이 피곤함에 버스에서 내리기 싫어했다는 평도 있었다. 나는 김포시라는 큰 도시를 하나의 마을로 생각하고 그 마을의 관광지를 걸어서 다니지 않고 버스를 타고 다니면서 체험하겠다는 컨셉을 잡은 것인데, 김포시의 교통체증이 발목을 잡은 것이다. 이것은 내가 고안한 벌통형 네트워크의 가장 혁신적인 아이디어였으나 가장 어려운 난관에 부딪힌 문제이기도 했다.

그리고 여기에 농촌의 농원이다 보니 편의시설이 부족한 것과 깨끗하지 못한 것, 물이나 편의제공이 미숙했다는 평도 있었다.

하지만 자연에서의 하루 일과가 알찼다는 평과 함께 유기농 음식에 대한 호평, 유익한 프로그램으로 이루어져 아이들의 체험거리가 좋았다는 평도 있었다.

이번 체험관광프로그램을 진행하면서 체험객들이 가장 중요하게 생각하는 사항은 체험프로그램 운영자의 친절성이었고 그 다음은 그들을 만족시킬 만한 체험 프로그램의 개발, 그리고 체계적인 운영이 체험프로그램의 성공의 열쇠라는 것을 알 수 있었다.

그리고 체험객들은 먹을거리를 가장 중요하게 생각하고 그 다음으로는 체험장의 시설, 프로그램의 독특성, 체험장의 편의시설, 상품비용, 지리적 이동, 그리고 농특산물인 것이다.

이러한 결과는 체험객들이 거리와 상관없이 체험프로그램이 재미있고 운영이 잘 되며 체험진행자가 달인의 경지에 도달한 친절함을 가지고 있다면 어디든 갈 의사가 있고 비용을 지불할 준비가 되어 있다는 것을 의미했다.

또한 프로그램을 무분별하게 많이 배치하는 것이 중요한 것이 아니라 관광객이 원하는 프로그램을 적절히 배치하고 운영하는 것이 중요하며, 비효율적으로 낭비되는 시간을 줄여야 한다는 것을 알게 되었다.

그리고 이번 프로젝트를 수행하면서 알게 된 또 다른 중요한 점이 있다. 도시인들이 체험에서 가장 중요하게 생각하는 것은 '재미'였다. 재미가 있다면 운영체계가 조금 허술해도, 조금 덜 친절해도 높은 평가를 받았다. 그래서 성공적인 관광농원이 되기 위해서는 환경적인 요소도 중요하지만 이보다 더 콘텐츠의 재미가 더욱 중요한 요소라는 것을 알 수 있었다. 환경이 아무리 좋다고 하더라도 재미가 없다면 경쟁력있는 농원으로 발전하기 어렵다는 것이다.

또 하나 중요한 사항은 바로 '친절'이다. 친절 항목에서 낮은 점수를 받은 농원은 다른 항목에서도 좋은 평가를 받지 못했다. 친절하지 못한 대접을 받았다면 재미도, 신기함도 의미가 없다는 것이다. 친절은 상품 프로그램이 갖추어야 할 가장 기초적인 항목이라고 하겠다.

다행히 1, 2차 팸투어를 진행할 때와는 달리 3차 팸투어 관광객들은 운영자의 친절성에 매우 높은 만족감을 나타내었다. 이것은 프로그램 진행자들도 프로그램을 진행함에 따라 능숙해지고 친절함이 몸에 배어 간 것이다. 프로그램 진행자들의 소개가 능숙하지 않으면 체험객들은 단번에 그 미숙함을 알아차렸다. 그리고 흥미를 잃었다. 체험 진행자들을 위한 교육도 중요하다는 것을 이 대목에서 알 수 있었다. 그래서 나는 어떻게 하면 체험 진행자들이 능숙하게 체험에 대해 해설을 할 수 있을까를 고민하게 되었다. 본인이 잘 모르는 분야를 가지고 체험객에게 설명을 하라고 하니 농사만 짓던 사람들은 헤매는 것이었다. 그러다 보니 어떻게 하면 해설가들의 입에서 능수능란한 이야기들이 술술 나오게 할 것인가가 문제였다. 그런데 이것은 의외의 곳에서 실마리가 풀렸다. 바로 그 분야에서 오랫동안 일해 온 달인을 해설가로 세우면 되지 않을까? 본인이 평생직업으로 해 온 일을 체험할 수 있도록 소개한다면 따로 교육을 할 필요도 없고 가장 잘 소개할 수 있고 체험객, 특히 어린이들에게 알지 못했던 직업에 대해 관심을 가지게 할 수 있을 것이다. 그래! 바로 이것이다. 달인을 모아서 체험프로그램을 구성해 보자!

5장

벌통형 네트워크의 실제

벌통형 네트워크의 실제

600명의 체험객을 어떻게 맞이할 것인가?

6명이 각자 1,000평씩 농지나 산, 논 등을 구입해서 옹기종기 귀농을 했다. 각자 자기계발을 위해 기술을 배운 사람이 3명, 직업으로 하다가 나이가 많고 퇴직을 할 나이가 되어 함께 귀농에 동참한 사람이 3명이 있다.

기술을 배운 사람은 자동차 정비기술과 용접기술, 그리고 컴퓨터를 배웠다. 나머지 3명은 도시에서 제과점을 운영했고 염색공장에 다녔으며 원예사로 일했던 사람이다. 이렇게 6명이 함께 귀농을 꿈꾸고 있다.

만일 이들이 6천 평짜리 논, 밭, 산 등이 이웃하여 있는 곳을 선정했다고 하자.

수많은 방법으로 구획을 정리할 수 있겠지만 농원에 대한 간단한 계획서를 만들어 볼 수 있다.

먼저 지역 특성에 따라 이용 가치가 극대화되도록 여러 가지 구획을 정리할 수 있다.

첫째, 모두가 공평하게 구획을 정리하여야 한다.

조건은 서류상으로 법적으로 맹지가 생기지 않도록 중앙에 8m 이상의 도로를 관통시켜야 편리할 것이다. 그리고 인접 농원 간의 지선 도로도 법적으로 하자가 없도록 오솔길 도로를 확보하도록 한다. (천 평당 약 100~150평이 주차장과 길로 할당된다.)

둘째, 도로를 제외한 850평의 농원을 3등분한다. 200평짜리 2필지, 나머지 470평으로 나누어 본다.

셋째, 한 필지의 200평에는 각자 기술을 체험시킬 수 있는 하우스형이나 글래스 하우스 형태의 체험장 100평과 작은 동물원을 만든다. 또 다른 200평에는 임대를 할 수 있는 형태의 펜션과 간편 매장을 60~90평 정도 재정 형편에 따라 구축한다. 나머지 450평에는 지역 특성에 따라 유기농산물, 축산, 원예, 과수 등을 꾸미되 초등학교 교과서에 나오는 나무 종류와 식물 등을 심어서 유치원과 초등학교의 학업이 연장되어 체험교육 학습장이 될 수 있도록 개발한다.

따라서 한 사람의 귀농 농원에는 달인들의 기술체험 학습장과 영농체험교육농원 등 두 곳의 체험장이 생기기 때문에 전체 6개의 농원에는 12개의 체험 학습장이 생기는 셈이다. 한 개의 체험 학습장에 50명씩 해설사가 인솔하게 되면 한꺼번에 600명의 아동들이 체험을 진행할 수 있는 훌륭한 교육체험 농원이 조성될 수 있다.

이런 예시는 달인이 가진 기능의 종류에 따라 달라질 수 있다.

특히 자본의 능력에 따라 건축을 하되 외형적인 면보다는 어떤 프로그램을 넣을 것인가 하는 소프트웨어를 더 많이 개발하여야 한다.

농원 꾸며보기 (6인 기준으로 예시)

농원을 꾸미는 데에는 견해와 지역 특성, 자본 확보의 차이로 많은 방법이 있을 수 있다.

자동차 기능을 보유한 사람, 염색을 잘 하는 꾼, 컴퓨터를 잘 하는 꾼, 꽃 재배를 잘 하는 사람, 제빵 기술이 있는 사람, 동물을 잘 키우는 사람 등 여섯 사람이 귀농을 하기로 결정했다고 가정하여 농장을 꾸며 보자.

지리적인 여건, 지형 및 비용 등 여러 가지 조건에 따라서 수많은 형태의 농원이 만들어질 수 있다. 지금 제시하는 방법 외에도 여러 가지 방법을 연구해 보는 것이 바람직하다.

땅의 조건

인생 역전 드라마와 성공을 꿈꾸고 귀농을 하는 사람은 경제적인 조건이 천차만별일 것이다. 그렇기 때문에 땅은 귀농자의 형편에 맞게 지역을 선정한다. 땅의 모양이 어떻게 생겼든 어디에 있든 상관은 없다.

비싼 땅은 비싼 만큼 도시 근교라든가 접근성이 좋아 발전성이 크다든지, 어떠한 면으로든 장점이 있고 특색이 있다. 이에 반해 저렴한 입지는 고객을 불러오기 어려운 오지일지도 모른다. 그러한 곳은 고객 접근성 측면에서 볼 때 어려움이 있어서 마케팅을 하기에 어려운 점이 있을지 모르나 나름대로 차별화가 있는 곳으로 만들 수 있다.

장사를 하기 위한 가게를 예로 들어보자. 가게 터를 구하더라도 망하지 않고 돈을 많이 버는 곳으로 가고 싶은 것이 인간의 마음이다. 옛말에 장사를 잘 하는 방법 중의 하나로서, 경험도 없고 장사를 할 줄 모른다면 보증금이 비싼 가게를 구하라고 했다. 왜일까? 기존에 영업이 잘 되는 곳이기에 보증금이 비싼 것이다. 그러니 그런 곳에 가게를 내게 되면 일단 터는 잘 잡은 것이 된다.

그러나 명동이나 종로사거리만 영업이 잘 되어 성공하는 것도 아니다. 지방의 저렴한 위치에 있는 곳도 대박으로 성공하는 곳이 있다. 지방이라고 해서 영업이 잘 되는 곳이 없는 게 아니다.

여러분이 귀농, 귀촌을 하여 자리를 잡을 곳도 이와 같다. 도로가 좋고 대도시가 인접해 있어서 소비자들의 접근성이 좋은 곳은 그렇지 않은 곳에 비해 가격의 차이가 엄청날 것이다.

그렇다면 이런 곳을 선택해야 할까? 정답은 간단하다.

내 형편에 맞는 지역을 선택해야 한다. 친구가 함께 모인 경우라면 이들 모두의 평균적인 형편에 맞고 투자의 의지대로 입지를 선택하면 된다. 무리를 해서 장소를 선택하는 것은 욕심이다. 여유자본도 남겨두고 영업비용도 남겨두는 것이 현명한 사업 운영 방법이다.

관광버스가 들어갈 수 있는 곳이면 땅값이 저렴한 곳이라도 좋다. 그 후에는 경영과 마케팅, 운영 등 방법의 차이가 있을 뿐이다. 물론 도시 근교의 비싸고 경관이 수려한 곳을 구입하면 소비자들이 접근하기 쉬워서 분명 좋을 것이다. 하지만 비싼 비용을 감당하지 못하고, 차별화된 아이템이 없어서 망하게 되는 우를 범해서는 안 된다.

자본을 최소로 들인 후에 어떻게 하면 자연을 살려서 생태관광을 구성하고 힐링관광을 위한 농원을 만들 것인가를 고민해야 한다. 농원마다 나름의 개성이 있어야 하고 지역 특색이 녹아든 차별성이 있는 노하우를 개발하자. 교육적인 체험관광의 노블티(신기성, 새로움)가 있어야 자라나는 어린이들이 교육 프로그램을 이용하기 위해 몰려온다.

정말 인적이 드물고 길이 없는 산간오지에 들어갔다면 땅을 구입하거나 임대를 하여 길을 낼 수 있는지, 또는 국유지를 이용해서 정부에 길을 내어달라고 요청할 수 있는 여건인지를 살펴봐야한다. 그런 여지를 꼼꼼히 살펴본 다음에 농장 부지를 구입하여야 한다. 농원의 장소는 어디가 되었건 상관이 없다. 대한민국에서 어디를 가든지 서울에서 5시간 이내일 것이고, 서울, 부산, 대구, 광주 등 대도시에서는 2시간 이내의 거리일 것이 분명하기 때문이다.

농원의 배후 땅이 산이나 샛강이 있으면 좋겠다

자연은 보물이다. 관광체험교육을 위해서 오는 손님들이 제일 먼저 보게 되는 풍경이 아름다운 산과 강이라면 얼마나 좋은 일인가? 산은 누구에게나 거부감 없이 생태체험을 할 수 있는 가장 적합한 보물이다. 계절에 따라 novelty(신기성)하게 변화하는 자연 생태들, 나무 수풀 및 버섯, 산나물, 야생동물 등은 학교나 어린이집에서 볼 수 없는 보물 즉 자연이다.

농원 가까이에 이런 산이 있다면 정성껏 이용하는 방법을 연구하여야 한다. 산은 비교적 저렴한 가격, 적당한 가격에 구입을 할 수도 있고 임대를 할 수도 있다. 기왕이면 장뇌삼 같이 자연적으로 재배가 가능한 장소라면 더욱 좋겠다. 그 속에서도 가격이 높으면서 재배하는데 힘이 덜 드는 자원을 찾아야 한다. 여가를 즐기면서 관광, 체험, 교육을 하도록 연구를 해보자.

땅에 복이 있는 분이라면 국유지와 같은 국가에 속한 땅이 인접해 있는 경우도 있을 것이다. 국가 소유의 땅이나 산은 마을 공동으로 임대신청을 하면 개인이 하는 것보다 쉽게 임대할 수가 있다.

우리의 생명줄인 강의 풍경 또한 자연이 주는 최고의 아름다움이다. 가두리 양식을 할 형편이 되면 가두리 양식장을 하면 되고, 천렵을 할 수 있으면 천렵장으로 이용을 할 수도 있다.

생태교육과 체험 및 자연관광을 위해서 놀면서 체험을 즐길 수 있는 만큼만 체험 재료를 자연에서 얻고 확보해 보자.

사계절이 변화하는 모습, 즉 얼음 속에서 봄을 알리는 물소리, 한여름의 계곡물은 어린이들의 놀이와 체험교육의 천국이다. 가을의 맑디맑은 시냇물과 샛강물, 겨울 얼음계곡물의 재잘거리는 물소리, 즉 사계절 새롭게 변화하는 novelty(신기성)의 변화를 잘 이용만 하더라도 이미 다른 체험장보다 50% 정도는 차별화를 가지게 되었다고 보아도 될 것이다. 관광하고 체험하며 교육하는 자연에서는 산과 강, 그리고 풍부한 지하수는 보물 중의 보석이다.

지하수가 풍부한 곳

지하수는 자체적으로 지하수 시공을 하여 공급할 수 있도록 지하수가 충분히 매장된 곳을 선택해야 한다. 계곡의 물이 있다면 더욱 좋겠다.

수맥의 상류에 오염된 곳은 없는지, 화공약품공장, 축사 등 오염의 원인이 될 만한 시설물이 없는지도 확인을 해야 한다. 계곡이 없고 지하수만이라도 풍부한 곳이라면 어린이들이 체험할 물놀이는 만들 수 있다.

지하수를 이용해서 지형 형편에 맞는 지역 특색이 녹아있는 구전거리를 연구해야 한다. 각종 물놀이를 중심으로 어린이나 성인들의 낚시 체험과 양식 등 많은 체험 콘텐츠를 개발할 수 있다. 지하수가 풍부한 것도 또 하나의 보물이다.

농원의 허가

농원을 만들려면 농원 어딘가에는 4m 이상의 도로가 접해져야 한다. 도로가 있어야 허가가 나기 때문이다. 그리고 농지전용 허가나 산림훼손 허가가 나는 곳인지를 알아보아야 한다. 관광농원의 신고를 취득할 수 있는 곳이라면 좋겠다. 지금은 관광농원이 허가가 아니고 신고제이다. 2,000제곱미터 이상이면 관광농원을 신고제로 등록할 수가 있다. 그렇기 때문에 관광농원으로 신고를 하면 농지전용 부담금이 없게 된다.

반면, 범위가 큰 관광농원은 토목 설계비와 환경평가가 까다롭다. 지역 여건과 재정형편을 고려해 전체 대단위 관광농원 허가는 미루고 개별 분할 허가 등을 고려해야 할 것이다. 앞서 소개한 바와 같이 관광농원을 개별 분할하여 일괄적으로 신고제로 허가를 받는 것을 추천한다.

농원마다 가정집(30평), 펜션(30평), 하우스 체험장(100평), 식당 겸 카페(10평 좌우)에 대해 일단 허가를 받아라. 그리고 장비를 임대해서 각각의 건축물 기소를 준비하겠다고 설계사무소에 통보를 한 후 약속 날짜에 공사 착공을 한다. 설계사무소에서는 장비가 일하는 현장사진을 찍은 후 행정기관에 제출하고 착공계를 내준다. 착공계를 내는 일까지는 설계사무소에 의뢰하여 실수가 없도록 처리를 해야 한다. 착공계를 내놓은 후부터는 형편에 맞게 우선 필요한 건물부터 차별화되고, 아름답고, 이야기가 있는 예쁜 건물을 짓도록 한다.

농원에 아름다움을 접목시키고 입소문이 날만한 이야기꺼리를 만드는 일은 농원 사업의 성패를 좌우한다.

귀농 네트워크 마을 만들기

마을 만들기

멀리 내다보자. 농업은 전망이 있다. 직장에서는 나이와 능력의 조건 등으로 퇴출을 시킨다. 하지만 농사는 그렇지 않다. 쉬고 싶으면 쉬고, 일하고 싶으면 일할 수 있는 것이 농업이다. 힘이 조금 들긴 하지만 농촌의 내 일 속에 즐거움이 있다.

농사는 돈을 크게 버는 일이 아니다. 하지만 먹고 사는 것과 노후 대책, 그리고 앞서가는 농업에 도전하는 귀농인에게는 새로운 인생 역전 드라마를 이룰 수 있는 적합한 사업이 바로 농업이다.

농업이 무엇인지 알기 위해서는 평소에 친분이 있는 농가를 찾아가거나 일손이 아쉬운 농번기에 농촌을 찾아가 단기간 실습을 해보는 것도 좋다.

농촌생활이 왜 안 힘들고 외로움과 고독이 어찌 없겠는가?

나의 경험으로 미루어볼 때 외로움이 병적으로 찾아왔으며 나만의 외로움보다 가족 전체의 외로움에 더욱 견디기 어려웠다. 어떤 때에는 공포와 두려움 때문에 도끼의 날을 퍼렇게 세워 머리맡에 두고 수년간 살았던 적도 있었다. 생사를 같이할 친구, 이웃이며

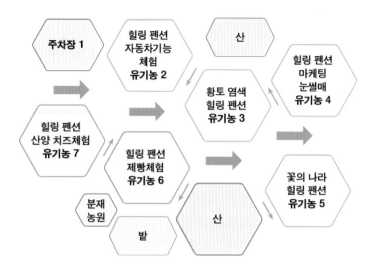

공동 사업자인 동력자는 나이가 들면 더욱 필요하다. 특히 체험교육농장의 활성화와 웰빙 유기농을 염두에 두고 귀농을 하려면 6가구 이상이 모여 협동하는 것은 필연적이라는 것을 알아야 한다.

네가 친구 둘, 내가 친구 둘, 그래서 모두 여섯

일할 때 일하고, 쉬고 싶을 때 쉬고, 퇴직도 없는 인생 마지막 낙원. 도시에서 직장생활을 한 사람이라면 누구나 바라는 삶일 것이다. 그렇게 살고 싶다는 생각으로 귀농을 결심한 것이 아닌가?

지금부터 무엇이든 할 수 있다는 '무소부지(無所不知)'의 신념과 몰입 정신, 목표와 용기가 있어야 지금까지와는 다른 인생의 역전 드라마가 펼쳐진다.

아무런 준비 없이 맹목적으로 귀농한다면 생각하지 못했던 문제들이 드러나 실망이 클 것이다. 귀농을 하려는 사람들 중에는 그동 안 인생을 보람 있게 행복하게 살아온 사람도 많겠으나 그렇지 못 하고 고생만 하다가 귀농을 하려고 하는 고령자와 젊은이가 있을 것이다. 이런 이들은 친구와 함께 귀농을 하라.

어디가 되었든 시골생활은 외롭다. 그래서 형제보다 더 가까운 이웃사촌과 친구가 필요하다. 무슨 일을 하든 함께 있으면 행복지 수가 올라가는, 적절히 잘 어울리는 친구, 목표가 같고 서로 평등한 관계에 있으며 애정을 나눌 수 있는 그런 친구가 필요하다.

우정은 항상 새로운 정서적, 지적 자극을 주어 창조를 만들어낸 다. 귀농하고자 하는 마음을 먹은 그 순간부터 이렇게 마음을 공유 할 수 있는 친구가 필요하다. 친구로 이루어진 '친구 창조체험교육 마을'을 만들어야 친구가 창조되고 귀농 낙원이 만들어질 수 있다.

내가 친구 6명을 모을 수 없다면 내 친구 두 명, 네 친구 두 명 이 모여 합이 여섯, 이렇게 구성할 수도 있다. 이렇게 여섯 명이 모 여지면 여섯 가지의 체험, 여섯 종류의 유기농 체험을 구성할 수 있고, 그리고 여섯 명이 모이면 마을 협동기업을 만들어서 영농활 동을 하는데 많은 도움을 받을 수 있다.

귀농지 인근의 국유림이나 산을 임대하여 공동으로 운영할 수 있다면 행운이 따르는 기회라고 생각하면 된다. 선배들의 산간오 지 이용 방법을 열심히 배우고 또 도전해서 그 산을 잘 이용하면 좋다.

서울을 중심으로 서울 강남 고속도로 인근에서 5시간이면 대한

민국 어디든 갈 수 있다. 전국의 대도시에서 연결한다면 2시간 이내에 어떤 곳이든 왕래가 가능하다. 정말 깊은 산속이나 오지에 들어가면 저렴하게 밭을 할 만한 땅이나 산을 구입할 수 있다. 앞으로 길을 낼 여지가 있는 곳, 인근에 산재해 있는 땅들이 나라의 땅인지, 이용을 할 수 있는 땅인지 확인을 해보는 것이 필요하다.

이렇게 여섯 명이 모여 일주일에 5일만 일하고 이틀은 도시에서 지낼 수 있다면 누구인들 귀농을 하지 않겠는가?

뭉치면 살 수 있다

함께라면

덜 외롭고,

덜 두렵다.

일거리를 만들어 공동 노동력으로 바쁜 일손을 함께 처리할 수 있고 집집마다 일어나는 문제를 공동으로 해결할 수도 있다. 조그마한 창고를 하나 짓는다든가 과수원이나 밭농사 같은 작목 관리에도 함께 머리를 맞대고 품앗이를 할 수 있다. 귀중한 노동력을 보람 있고 알차게 사용할 수 있다.

농촌에서는 노동력을 구하는 것이 참으로 어렵다. 특히 산간 오지로 들어간다면 더욱 그렇다. 체험 고객을 맞이할 때는 해설을 할 수 있는 '달인 해설가'가 필요한데, 그들을 구하는 것도 쉽지 않은 일이다.

나는 물고기관광농원의 본관 50평 건물을 지을 때 일손이 부족해서 애를 먹었다. 그런데 이때 같이 건물을 짓는 법을 배운 늙은 학생들끼리 모여서 2년 이상 연구하고 체험한 결과 현재의 통나무집이 완성되었다. 통나무집도 통나무학교를 함께 다닌 10여명의 품앗이로 지었다. 농촌의 선조들의 농업은 서로 도움 받고 도움 주는 '품앗이' 농업이었다.

농촌은 노동력을 필요로 하는 경우가 대부분이다. 하지만 농촌에서 노동력을 구하려면 도시로 나가 승합차로 데리고 오고 데려다 줘야 하는 경우가 많다.

하지만 다섯 농가가 모이면 품앗이가 가능하고 정부에서 시행하는 각종 농가 사업에 참여할 수 있다. 즉 농촌 마을기업과 마을 개발, 마을 간 권역 개발 사업, 사회적 기업, 협동조합 등 각종 농촌 사업에 참여하기가 좋다.

농촌에서는 서로 협동하고 노력하면 융자가 아닌 보조금 형태로도 자금 융통을 할 수 있는 기회가 생긴다. 열정적으로 도전하고 두드리는 사람에게 문이 열릴 것이며, 기회는 오는 것이 아니라 만들어서 붙잡아야 한다.

정부에서는 1인 창조기업을 42만 개를 만들려고 하고 있다. '친구 창조체험관광 교육마을'은 1인 창조기업이 6개가 모이는 셈이다.

국토의 많은 부분은 돌보지 않는 땅, 소외되고 버려진 땅으로 전락해 있다. 소외되고 버려진 땅을 옥토로 만들어 귀농인의 낙원으로 만들어야 한다. 소외된 우리의 국토는 '친구 창조체험관광 교육

마을'을 만들고자 도시의 귀농을 희망하는 사람들에게 새로운 보금 자리가 될 것이며, 인생 역전드라마를 꿈꿀 수 있는 낙원이자 휴식처가 될 것이다.

"친구 창조체험관광 교육마을"에 다양한 생태체험교육이 경쟁력을 갖춘다면 농촌소득을 효과적으로 올릴 수 있고, 농촌인구가 늘어날 것이며, 농지가 보존되어 식량 무기화에 대비할 수 있는 등 국가적으로도 큰 의미가 있고, 농촌 균형 발전에도 큰 역할을 담당할 수 있다.

도시에서 일하면서 평생 동안 저마다 가졌던 숙련된 "기능이나 직업"을 연장하여 새로운 모델의 교육 이벤트로 개발을 하는 것이 바로 '친구 창조체험관광 교육마을'의 핵심이다. 여기에 지역 문화 특색과 직업적 특색이 더해지는 여러 가지 이벤트를 체험 활동에 접목함으로써 다양한 경쟁력을 갖추는 농원이 될 수 있다.

귀농의 성공 조건

첫째, 지역 관공서나 조직을 적극적으로 활용하라

1978년 내가 처음 귀농을 하여 농촌에 발을 들여놓았을 때는 너무나 어려움이 많았다. 옛날이나 지금이나 농촌에서는 외부 사람을 반가운 눈길로 보지 않는 텃세가 있다. 외지 사람들이 들어와 열심히 살려고 하는 모습을 곱게 봐주지 않는 경우가 있다. 지적도 도면에 엄연한 길인데도 길로 사용하지 않고 개인이 선점하여 영농을 했다고 개인 토지처럼 사용하면서 길로 환원시켜주지 않고 텃세를 부리고 버티기도 한다.

어린 아기 분만 때 산부인과 병원비로 사용하기 위해 한 푼씩 모아둔 돈으로 토지 측량을 하게 만든 길을 내어주지 않는 텃세! 그래서 산모와 어린 아기의 목숨을 걸고 막내딸의 분만을 집에서 해야만 했다.

그런데 이런 어려움을 해결하는데 용기를 주고 힘이 되어 준 곳이 바로 관공서이다. 도시에서는 관공서에 자주 안 가는 것이 좋은 일이지만 농촌에서는 관공서와 친해질수록 어려움을 해결하는데 도움이 된다.

귀농자의 지원 방안은 군과 면 단위에서 실시하고 있으니 그 문을 자꾸 두들겨야 열린다. 나도 길을 터주지 않는 어려운 문제를 군청에서 자문을 받아 해결할 수 있었다.

농촌은 구조와 인간관계 특성상 무수히 많은 민간 조직이 있다. 웬만한 마을 어른들은 모임이나 이장을 안 해본 사람이 없을 정도이다. 지역발전위원회, 농업기술작목반, 향우회, 각종연구회 등 수많은 조직이 있다. 이런 조직들과 좋은 관계를 유지하고 잘 활용한다면 농촌 정착에 도움이 되는 후견인을 만날 수 있고 소득을 올리는 데에도 큰 도움이 된다.

최근에는 거의 모든 시·군의 농업기술센터에서 친환경농업육성과 도시농업이라는 과제로 농업대학 등 교육에 많은 투자를 하고 있다. 이런 활동에 참여해서 활용을 한다면 많은 도움을 받을 수 있다.

현재 귀농을 지원하는 확실한 지원체계는 마련된 것이 없다. 지역에 따라 정착금과 집 수리비 정도를 지원 받은 것이 고작이다. 귀농사이버대학이나 귀농에 대한 교육을 받는 것도 도움이 될 수 있다.

둘째. 마을 만들기, 농원 분할

우리나라의 농촌 개발은 1986년 관광농원을 시발점으로 2000년부터는 마을의 형태로 개발이 진행되고 있다. 지금까지의 마을개발이나 권역개발처럼 공동개발은 이미 많은 갈등 문제가 속출하고 있다(김용근, 2010).

마을개발도 결국 공동사업이며 동업이다. 마을의 개별 농가가 성장 발육이 되어야만 마을에 정착하는 인구도 확보될 수 있게 된다. 공동 경영을 한다든가 동업을 하게 된다면 철저한 회계분석을 하여 이후에 갈등이 생기지 않도록 사전에 대비해야 한다.

기본적으로 농촌마을이 개별적으로 소득이 많아야 도시에 사는 후손들이나 귀농인들이 이어서 운영하려는 마음이 생길 것이다. 현재의 농촌인구는 급속도로 고령화가 진행되면서 유출도 유입도 없는 이 정도의 숫자가 보존되고 있는 실정이지 농촌인구가 늘어서 현재 인구가 유지되고 있는 상태는 아니다.

'친구 창조체험관광 교육마을'을 제일 먼저 정착시키기 위해선 농원 전체 토지를 작은 마을로 만드는 것이 필수이다.

체험마을을 잘 운영하려면 주차장 부지도 공동 부지로 500평 정도는 만들어 두어야 한다. 지적도 상의 길도 명확히 만들어 놓아야 한다. 설계사무소에 의뢰를 하는 것이 가장 실리적이고 편리하다. 94쪽 그림을 예로 생긴 토지라면 이런 식으로 분할을 해도 좋겠으나 서로 협의를 하여 고객을 맞이하고 농원 운영이 편리한 방향으로 분할하여야 할 것이다. 최종 분할을 할 때는 서로간에 충분한 협의를 하되 각 개인이 구두 상으로 하는 것은 좋지 않다. 토목설계사무소에 의뢰를 하여 토지 분할 등기까지 마무리하도록 한다.

굵은 화살표의 메인 도로는 폭이 8m 이상, 가느다란 화살표의 샛길은 체험객이 다닐 수 있는 오솔길이면 충분하다.

개인의 땅이 분할이 이루어지면 개인 땅에서 길로 다시 분할이 이루어져 길이라고 등기를 해 놓고 사업을 착수하는 것이 좋다.

여섯 명의 작은 관광농원이 운영을 하다가 피치 못할 상황으로 주인이 바뀔 경우를 고려해서 개인 분할과 길의 등기가 필요한 것이다. 지적도 상에서의 분할이 모두 이루어지면 각자가 개인의 특성을 잘 살리고 공동의 이익을 잘 드러낼 수 있도록 건축물 설계와 체험실습장을 협의해서 만들어야 한다.

셋째, 건물 짓기

귀농을 한 후 장소를 정했다고 해서 집짓는 것을 서두르지 않는 것이 좋다. 성급하게 집을 짓기보다 몇 개월을 두고 연구를 해보자. 이야기가 있는 힐링 건물로 아름답게 잘 지어야 하기 때문이다. 전문가나 타인의 자문을 받을 수 있다면 최대한 받아서 특색 있는 건물, 이야기가 풍부한 힐링 하우스가 되어야 다른 체험장과 차별화되어 경쟁력을 가질 수 있다는 것을 명심해야 한다.

건축물의 배치도, 설계도면 등은 꼭 스케치를 한 후 건물을 시공 배치한다.

우선 컨테이너 박스(20평 미만 규모, 비용 300만원대 미만)를 사서 활용을 한다. 건물이 모두 완공되더라도 컨테이너 박스는 버리는 것이 아니다. 외장을 예쁘게 꾸미고 지붕을 스웨덴 장식으로 올리면 잘 정돈된 창고나 농촌 장비 전시관으로 이용해도 손색이 없을 것이다.

농촌 장비는 작게는 호미부터 시작해서 트랙터까지 어림잡아 수십 가지는 넘을 것이다. 트랙터 관리기 등 부피가 크고 가격이 비싼 장비는 이웃과 공동으로 구입해서 관리를 하면 효율적으로 이용할 수 있다.

모든 건축물, 체험장 등은 자연을 잘 응용하고, 이용을 할 때는 훼손을 최대한 줄여야 한다. 공사가 완공되면 자연을 최대한 복원하여 생태체험교육장으로 활용하도록 한다. 만약 주변에 나무가 없으면 나무부터 심도록 한다. 나무를 심을 때 아주 어린 나무는 피하고 5년생 이상의 나무를 심어야 관리하는데 효율적이고 인건비가 적게 들어간다.

건축비 등 자본 투자는 최소한으로 한다. 형편에 따라서 건축을 해야 하지만 건물을 지을 때는 머리를 맞대고 생각을 많이 하도록 한다. 황토방, 유럽식 통나무집, 투 파이브 하우스 등과 관련한 책을 많이 살펴보고 구성원들이 모여 오랫동안 토론한 후 원하는 모양이 정해지면 인터넷 등을 검색하여 비슷하게 생긴 건물을 찾아 꼭 방문할 것을 권한다. 이렇게 오랫동안 꼼꼼히 검토를 한 후 착공을 해야 나중에 후회가 덜하다.

특색 있는 시골집이라면 리모델링을 하여 스토리텔링 펜션으로 활용하는 것도 좋다. 건물은 어떤 이유에서건 예뻐야 한다. 그리고 힐링과 생태체험을 위해서 손님이 온다는 것을 염두에 두어야 한다. 그래서 그에 맞추어 생태체험도 즐기고 힐링을 하고 갈 수 있도록 건물을 구성하자.

체험객을 위한 공간도 중요하지만 귀농을 하는 친구 여섯 명이 여가를 즐길 수 있고 생활을 영위할 가정집은 꼭 아름답게 지어야 한다. 후에 임대를 할 수도 있고, 자가 소득을 올릴 수도 있다.

이 외에도 전천후로 교육이 가능한 100평 내외의 비닐하우스나 글래스 하우스가 필요하다(전천후 체험장). 하우스 안에는 간식을 즐길 수 있고, 운치 있는 커피를 즐길 수 있도록 갖가지 사계절 꽃을 가지고 인테리어를 꾸미는 것도 좋다.

넷째, 먹거리 체험

자연체험 중에 뭐니 뭐니 해도 신나는 것은 먹거리 체험이 아닐까? 냇가가 주변에 있으면 잡어 매운탕을 끓여먹는 체험을 할 수 있고, 산이 가까이 있으면 산나물 조리 체험, 버섯 따기 체험, 유기농 상추 쌈 체험 등을 할 수 있다. 이런 것들을 가족들과 함께 하는 것이야말로 좋은 추억이 된다.

체험장 내부에는 간식, 커피, 식사를 할 수 있는 소형의 간이식당도 허가를 내는 것이 좋다. 내 집에 찾아와 숙박을 하고 가는 손님들에게는 기억에 남을 맛있는 건강 식단도 준비를 할 수 있다. 한번 온 체험객들이 다시 방문을 하게 하려면 충분한 스토리텔링을 즐기고 이야깃거리를 안고 가도록 해 준다. 관광농원에서 식사 준비를 해 주고 돈을 받을 때에는 문제가 발생하는 경우가 있다. 가까운 일본에서는 관광농원에서 식사를 접대하는 것을 법적으로 허용하는 경우도 있다. 그러나 현재 우리나라에서는 관광농원에서 식사를 제공하는 것은 법적인 문제가 생길 소지가 많이 있으니 주의해야 한다.

그러므로 농원마다 10평 내외의 간이음식점이나 소형 프랜차이즈 허가를 취득하고 사업자등록증을 확보하는 것이 좋다. 사업자등록증을 만들었다고 세금을 많이 내는 것도 아니고 식사를 하고 가는 사람이 적을 경우에는 간이영세업자로 신고만 하면 되는 정도이다.

식단을 제공하고 법적으로 권리를 주장하기 위해서는 우리가 갖출 것은 갖추어 놓는 것이 좋다.

다섯째, 길

아름다운 길은 농원의 얼굴이다. 넓은 메인 길과 옆으로 난 샛

길은 봄, 여름, 가을이 지나는 동안 내내 볼 수 있도록 갖가지 꽃으로 예쁘게 단장을 한다. 요소요소에 키가 큰 나무와 희귀목도 심어서 풍치를 살리면 좋을 것이다. 저녁에는 조명으로 아름다움을 과시할 수 있도록 꾸미는 것도 좋다. 조명으로 야경을 설치하면 많은 체험객들이 그 경치를 보려고 오는 경우도 많다. 야경을 즐기기 위해 오는 고객들을 잘 파악하여 전기세를 비롯한 비용을 저렴하게 할 수 있도록 설비를 하는 것이 바람직하다.

또 겨울에는 도시에서의 접근성과 방문 고객을 분석하여 겨울농원 체험을 열었을 때 손익에 지장이 없도록 겨울 고객 준비에 적당한 자본도 투자하는 것이 좋다.

여섯째, 농원 둘레

농원의 둘레에는 건강에 좋다는 편백나무라든지 눈요기에 좋은 희귀 나무와 속성수목을 마음껏 심어서 나무가 자라면서 매년 신기하고 이색적인 풍경이 연출될 수 있도록 꾸민다. 경계를 구분하는 곳에는 쥐똥나무, 사철나무, 동백나무 등 울타리가 가능한 나무를 심는데 지역 특색의 기후에 맞는 울타리 나무를 심어서 아름다운 경관을 조성하는 것도 좋다.

일곱째, 주차장

주차장은 넓을수록 좋다. 적어도 500평 정도는 확보를 하여야 한다. 그래서 단체 손님을 싣고 오는 버스도 주차할 수 있고, 가족

단위 고객이 타고 올 자가용도 대거 주차할 수 있는 공간을 확보할 수 있도록 하자. 요즘에는 차가 없는 사람이 거의 없으니 주차가 어려워서 오고 싶지 않다는 평을 듣지 않아야 할 것이다.

축구장 규격에는 미달되겠으나 경우에 따라서는 축구장을 겸한 체육시설로도 가능한 잔디밭 주차장을 허가받아 설치한다. 주차장 입구에는 입장객을 위한 안내와 입장 카운터를 설치해 고객들의 편의를 돕는다. 경우에 따라서는 축구장, 족구장으로도 임대를 할 수 있도록 잔디밭을 확보하는 것이 좋다.

6장

벌통형 네트워크의 예시

벌통형 네트워크의 예시

자동차 체험장

자동차와 관련된 체험기구, 교육 기자재, 자동차 부속들의 역할을 동물이나 사람의 인체와 비교를 하며 교육적인 프로그램을 개발하는 것도 좋다.

"자동차의 에어클리너는 사람의 폐와 같은 역할을 하고, 엔진은 사람의 심장, 엔진오일은 사람의 피의 역할을 한다."라고 설명이 가능할 것이다. 자동차 기능인의 체험장이라면 펜션도 자동차를 이미지화해서 꾸미는 것을 연구해 볼 수 있다.

작목 입식이 일정량 이상 확보되어야 농원의 대우를 받을 수 있다는 것을 명심한다. 개별 농원의 농작물 입식은 20% 이상을 확보 (관광농원법에 의거)하여 유기농 소득을 올려야 할 것이다.

　하우스 안에서 배터리자동차를 이용해 어린이를 대상으로 운전면허 프로그램을 개발하면 자동차를 좋아하는 어린이들의 호응을 얻을 수 있다. 이런 체험은 자동차과학 창조력과 상상력을 자극할뿐 아니라 교통사고 예방에도 도움이 될 것이다. 어린이들에게 면허시험장 코스를 조금 완화시켜서 체험하게 하면 어린이들도 도로에서 교통법규를 상상할 수 있게 되며 교통법규를 잘 지키는 효과를 거둘 수 있다.

　가정집으로 지은 일반주택 30평 미만은 아파트 45평 정도의 규모가 된다. 그러므로 이 정도의 규모로 집을 지으면 생활하는데 지장이 없을 것이다.

　농원의 에너지는 태양광과 같은 자연에너지를 활용한다.

　농원의 체험은 나의 직업을 연장해서 프로그램을 만들어야 한다. 내가 평생 해 오던 직업이라면 눈을 감고, 꿈에서도 해설이 가능할 것이다. 체험객을 대상으로 설명을 하자면 이 정도의 해박함을 가지는 것이 중요하다. 설령 언변이 부족하여 해설을 잘못할 경우에는 벙어리가 몸짓, 발짓, 손짓으로 설명을 하듯 온몸으로 해설하는 것도 나쁘지 않다. 그 정도의 열정은 있어야 한다는 말이다.

학력이라고는 초등학교 밖에 나오지 않았어도 벼농사를 50년 동안 지은 농부와 벼농사에 대한 이야기를 해 보라. 기가 막히게 잘한다! 말문을 막을 겨를이 없이 거침없이 벼농사에 대한 설명을 쏟아낼 것이다. 이렇듯 우리의 프로그램은 본인이 평생 해 온 직업을 연장하는 것이 최고의 이벤트 체험프로그램이다.

그리고 유실수 체험은 초등학교의 교과서에서 여러 번 나오는 나무부터 심도록 하자. 이제 시작하는 단계인 만큼 가급적 어린나무는 피하고, 1년 정도만 있으면 과일을 수확할 수 있는 5년생 이상의 나무를 심도록 하자. 밤나무, 살구나무, 배나무, 사과나무 등을 6개의 농원에 분할하여 심으면 체험교육에 효과가 높을 것이다.

황토 혹은 식물 염색관광농원

황토 염색을 비롯한 염색의 원리를 체험하기 위하여 하우스 안에 여러 가지 염색장비와 각종 염색 샘플들을 비치한다.

체험농원의 주변에는 수세미와 창포를 심어서 천연 염색의 원료인 식물염색에 대한 소개를 눈으로 볼 수 있도록 한다. 황토와 창포의 염색 상태를 비교해 보기도 하고 집으로 갈 때는 기념품으로

입장객이 손수건 염색을 해서 가져갈 수 있도록 하는 방법도 있다.

내가 염색공장을 20년 했다하더라도 염색 관련 체험농장을 만들고자 한다면 현재 전국적으로 많이 흩어져서 운영되고 있는 염색체험장을 찾아보고 벤치마킹하는 것이 좋다.

재정 형편에 따라 특색 있는 펜션을 법이 정하는 범위 내에서 여러 채 건축하면 소득에 도움을 줄 수 있을 것이다. 만약 재정이 넉넉지 않을 경우에는 소프트웨어, 즉 체험의 내용 쪽으로 더 신경을 써서 소득 창출을 높일 계획을 짜야 할 것이다.

눈썰매 · 얼음썰매 체험

눈썰매장, 얼음썰매장 등을 설치하고자 하는 농원은 농원의 지형을 잘 이용해야 한다. 눈썰매장을 위해서 북향의 완만한 경사가

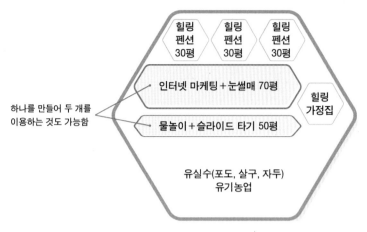

힐링 펜션 30평
힐링 펜션 30평
힐링 펜션 30평
인터넷 마케팅 + 눈썰매 70평
힐링 가정집
물놀이 + 슬라이드 타기 50평
유실수(포도, 살구, 자두) 유기농업

하나를 만들어 두 개를 이용하는 것도 가능함

※ 이것은 하나의 예시이다. 선배에게 벤치마킹을 하여 준비하는 것이 좋다.
※ 선배들의 컨설팅을 받는다면 효과적일 수 있다.

있는 산을 끼고 있으면 한번 내린 눈이 잘 녹지를 않으므로 눈썰매장을 오래 활용할 수 있다.

눈은 왜 미끄러울까? 얼음은 왜 미끄러질까?

이렇게 물과 눈과 얼음의 차이와 형성 과정을 설명하는 교육프로그램을 만들어 아이들에게 소개해도 좋다.

눈썰매, 얼음썰매타기 등을 운동장에 설치한다. 여건에 따라 다르겠으나 최소한 가로 10m × 세로 15m 규격으로 설치하고, 여름에는 물놀이장으로 활용하고 겨울에는 얼음썰매장으로 이용하면 좋다. 얕고 조그맣고 아름다운 웅덩이를 가로 5m × 세로 5m 규격으로 두 개를 만들어 팽이치기장을 만들어도 즐거운 겨울 놀이를 할 수 있다.

그리고 이곳에서는 빙어잡기 체험, 산천어잡기 체험도 할 수 있다. 봄, 여름, 가을에 맨손 물고기 잡기를 하면 온 가족의 큰 호응을 얻을 수 있다.

겨울철에는 경사가 북향인 곳에 가로 5m × 세로 40m 정도의 눈썰매장을 만든다. 눈썰매장에는 봄, 여름, 가을에 레일 썰매를 탈 수 있도록 레일을 매설하거나 잔디 위에서 튜브타기를 즐길 수 있도록 인조잔디를 설치해서 사계절 썰매장을 만들 수도 있다. 지역 여건에 따라 인공눈 기계를 사야 한다면 사업성을 먼저 따져서 시설을 확보하는 것이 좋다.

사업계획은 처음에 완벽하게, 사업계획서는 많이 확보하고 계획을 신고할 필요가 있다. 시설물은 운영하면서 점차적으로 늘린다. 즉 눈썰매장, 팽이치기, 물놀이장, 얼음썰매장은 최소의 경비로 최소의 시설물을 설치하고 고객이 많아지면 확장하는 방향으로 계획을 세워야 한다.

꽃의 나라 체험

누가 아름다운 것을 싫어하고 예쁜 꽃을 싫어할까? 체험객이 많이 찾아올 수 있도록 고객의 마음을 사로잡을 수 있는 예쁜 꽃으로 농원 전체를 꾸며보자. 특히 꽃 체험 농원에는 농원 전체를 꽃으로 장식을 하고 유기농업과 꽃의 복합 영농을 꾸며보도록 한다.

특색 있는 꽃, 교과서에 나오는 꽃 등을 갖추어서 이야기꺼리를 만들도록 한다.

꽃 이름이 쓰인 팻말이 만들어지면 꽃말과 함께 포토샵을 만들어준다. 내가 만약 꽃 농원을 만든다면 나는 강원도의 허브농원을 만들고 싶다. 메인테마가 꽃이다.

그리고 갤러리, 식당, 허브제품 갤러리, 글라스 하우스의 허브모종 판매, 꽃과 제빵, 카페 등과 아기자기한 포토샵은 인기를 끌기에 충분하다고 생각된다. 어떤 허브농원은 하루 평균 2천명 이상이 입장을 하며, 성수기에는 6천 명 가량이 입장한다고 한다. 이곳을 살펴본 결과 차별화되고 만족도가 높아지면 고객은 어디든 찾아 간다고 보는 것이 옳다.

제빵나라의 체험

눈으로 보고 체험하는 관광도 중요하지만 체험 중에 간식을 만

제빵 펜션 30평 / 제빵 펜션 30평 / 제빵 펜션 30평

제빵 이미지 체험교육장 하우스

가정집 30평

유실수(밤, 대추, 자두)
유기농업

※ 사업계획은 펜션 세 동을 허가내고 처음에는 가정집과 펜션 한 동만을 건축한다.

들어서 배고픔을 달래주는 체험은 그 어느 것보다 즐거운 일이다.

이런 체험을 하기 위해서는 간식을 먹기 40분 전에 간식 만들기 체험을 한다. 그런 후 다른 체험을 하고 지나가는 길에 인솔자에게 그 간식을 주어 체험객들에게 나누어주도록 한다. 이런 체험에 의미를 부여한다면 자기가 만든 과자나 빵은 본인이 갖게끔 아이디어를 개발한 것이다.

손수 만든 과자를 세 개는 간식으로 맛을 보게 하고 다섯 개 정도는 부모님을 위해서 가져갈 수 있도록 배려한다면 체험을 보냈던 부모들까지 모두가 즐거운 체험이 될 것이다. 과자나 피자 체험을 하는 사람에게는 우리 밀 농가를 네트워크로 연결하여 우리밀가루 체험을 유도할 수도 있을 것이다.

산양 치즈체험

요즘 유행처럼 번지고 있는 체험 중의 하나가 우유로 치즈를 만들어 보는 체험이다. 우유를 발효시켜 우리가 즐겨먹는 치즈로 만드는 체험, 이것은 신기한 체험이며 음식을 만드는 체험이라는 측면에서 매우 중요시 되고 있는 체험이다. 앞을 다투어 여기저기서 생겨나는 체험으로 치즈체험과 연계한 보조프로그램이 많이 개발되어야 경쟁력이 있을 것이다.

산양도 몇 마리 사육을 하며 산양젖으로 만드는 치즈체험 프로그램을 구성해 진행하면 효과를 얻을 것이다. 인근에 산양 전문농가나 목장, 양돈장이 있다면 네트워크로 연결해 체험을 준비하면 된다.

"친구 창조체험교육마을"은 갖가지 꿈들의 체험이 복합적으로

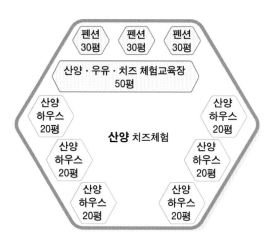

연계되어 있어 지역사회에서의 경쟁력은 물론 대도시에까지 마케팅 경쟁력을 갖춘 친구를 창조하는 '창조체험마을'이 될 것으로 믿어 의심치 않는다.

친구 창조체험교육마을

이렇게 앞서 살펴본 바와 같이 친구 창조체험교육마을은 자동차, 염색, 눈썰매·얼음썰매, 꽃의 나라, 제빵, 산양 치즈체험 등을 연계하여 운영하고, 각종 웰빙 유기농 농사체험, 조리체험, 산나물체험 등으로 지역사회에서의 경쟁력을 확실하게 확보할 수 있다. 더 나아가 대도시에서 와서 숙박을 하면서 체험하는 고객도 확보하는데 손색이 없을 것이라 생각된다.

歸農
RETURN
FARMING

7장

귀농의 재발견

귀농의 재발견

농촌에 살지만 나도 도시인

노동력이 없는 농촌은 지탱하기 어렵다. 아무리 기계가 많이 보급되었다고는 하지만 결국에는 사람 손이 가야하는 것이 농촌 일이다. 사람답게 살아가기 위해서도 어느 정도 인구가 보장되어야 하는데 소득이 없는 농촌은 인구 확보가 보장될 수 없다.

농촌에서 생활하고 있지만 도시에서 사는 것처럼 불편함이 없어야 하고, 원한다면 도시에서 여가를 즐길 수 있어야 농촌이 살아날 수 있다. 도시에서 몸이 힘들었던 것처럼 농촌에서도 몸과 마음이 힘들다면 농촌에 오려는 사람은 아무도 없을 것이다.

그렇다면 대안은 있는가?

놀 줄 아는, 여가를 즐길 줄 아는 농민을 만드는 길도 대안 중의 하나가 될 수 있다. 비록 작은 소득이라도 보장되고 열심히 하면 발전성이 있을 것이라는 기대가 있다면 농촌은 살아남을 수 있고 보존될 수 있다.

노는 법을 가르쳐서 놀아가며 농사짓고, 여가를 즐기며 농사짓는 시스템을 농촌에 열어 주는 것을 찾아야 한다.

1~5시간 고속도로를 타고 농촌에 도착하여 "친구 창조체험관광 교육마을"에서 농사를 지으며 체험객을 받고 있는 귀농인이 5일 일하고 1박2일로 서울로 나들이를 하며 생활한다면 도시민과 무엇이 다를까?

"친구 창조체험관광 교육마을"이라는 직장을 만들었다면, 이 농민은 농촌에서 살고 있기 때문에 도시인들에게 자존심이 상하는 일이 있을까?

이제 이 귀농인은 꿈이 있다면 무엇일까?

앞으로 열심히 노력하여 창조체험교육마을의 농원에서 소득을 더 많이 올리고 이 돈을 앞으로 어떻게 쓸 것인가에 대한 생각을 할 것이다. 최소의 유지비를 가지고 여가를 즐길 수 있다면 젊은 시절에 직장을 다녔을 때보다 삶에 대한 만족도가 높아지고 행복지수는 월등히 높아질 수 있다. 농촌에 사는 농민이라고 도시 사람을 부러워할 일이 없을 것이다.

이전에 빠듯한 봉급으로 도시에서 오랜 생활을 해 본 경력자라면 아마도 행복 지수는 더 높아질 것이다. 열심히 노력하면 발전이 보이며 퇴직이 없는 영원한 직장을 본인이 창조하여 2세들의 진로 체험교육을 담당할 수 있는 "친구 창조체험관광 교육마을"의 농원 사장이며 인생 역전드라마를 꿈꿀 수 있기 때문이다.

원룸 왜 구하니?

친구 창조체험교육마을을 조성한다면 1~5시간 안에 도착이 가능한 서울이나 깨끗한 문화도시가 있는 곳이 좋다. 왜냐하면 여가와 문화생활을 서울이나 인접 도시에서 즐길 수 있기 때문이다. 경우에 따라서는 도시에서 생활할 때 기거할 수 있는 보금자리 10~15평 정도의 원룸(구입이든 전세든 원하는 도시에서의 형편에 따라 마련)을 마련할 수도 있다.

시대가 변했다. 서울이나 대도시를 오가며 여가생활을 즐길 수 있는 귀농생활을 하라. 산골, 농촌에만 박혀 있으면서 살겠다는 사람은 이전 생활과 달라진 생활 때문에 귀농생활에 큰 어려움을 느낄 수 있다. 특히 젊은 사람이 귀농하여 앞으로 어떻게 될지도 모르는 불투명한 미래 속에서 농촌에 몸담고 살아야만 한다면 비관적인 생각에 빠질 수도 있다.

농원에서 일을 하다가도 시간이 되면 슬리퍼와 간편복 차림으로 준비한 차를 타고 1박 2일 휴식을 다녀올 수 있는 "친구 창조체험교육마을"이 필요하다. 일주일에 1박 2일간 여가 나들이를 나와 개인적인 문화생활을 즐길 수 있는 여유, 마음의 여유를 가진 농민이어야만이 앞으로도 쭉 농촌을 지킬 수 있다. 농촌이 집이 되고 직장도 되는 여유가 있는 농민이야말로 농촌을 지킬 수 있다.

마음의 여유가 생길 수 있을까?

도시에서 생활을 했거나, 직장생활을 도시에서 오래 한 사람은 그동안 노는 법을 제대로 배운 적이 없을 것이다. 그래서 나는 이들에게 노는 법과 여가를 즐기는 방법을 가르쳐야 한다고 생각한다. 시대가 많이 변해서 노는 법을 모르면 이혼대상의 조건이 되기도 한다. 귀농을 위한 귀농희망자들을 위한 프로그램을 구성할 때 여가를 즐길 수 있는 여러 가지 교육프로그램을 전문가에게 의뢰하여 만들어 놓으면 대를 이어가며 사용을 할 수 있을 것이다.

농촌으로 간다면 마음의 여유가 생길 수 있을까? 라고 묻기 전에 마음의 여유가 생길 수 있도록 프로그램을 만들어 도·농 간 격차가 없는 문화생활을 즐길 수 있도록 정책입안이 이루어져야 하겠다.

"친구 창조체험교육마을"에 단체 손님의 예약이 있어 일손이 필요한 경우에는 마을회관에서 일을 도와줄 수 있는 친구나 장애자, 노령 인력도 데려갈 수 있다. 부녀자나 노령자를 고용함으로써, 고용 창출의 사회적인 봉사도 할 수 있는 기회가 만들어질 수 있다. 더 나아가 친구 창조체험교육마을은 마을기업 양성화 정책 사업으로, 5년간 인건비 무상지원을 받을 수 있는 사회적 기업으로 성장할 가능성이 있다고 생각한다.

귀농에서 실패하지 않기

농촌에서 여가와 농촌 환경만을 즐기며 여생을 즐기는 귀촌 생활은 실패냐, 성공이냐를 논할 필요는 없다. 그러나 농촌에서 소득을 벌어들일 것을 기대하며 귀농한 귀농인들은 많은 실패를 이기지 못하고 도시로 돌아가는 사례를 심심치 않게 본다. 어떤 이는 도시로 돌아갈 능력조차 없어 농촌에서 신용불량자로 전락하는 사례들도 나오고 있어서 사회적으로 경종을 울리고 있다.

이렇게 귀농을 한 후 실패하는 경우에는 수많은 원인이 있겠지만 그 중 대표적인 것 몇 가지를 짚어보려고 한다.

첫째, 현재 우리나라의 귀농, 귀촌은 이웃나라 일본처럼 안정성과 지속성이 없이 일시적으로 퇴직자나 고령자를 유치하여 농촌인구 확보에만 급급하다. 이것은 귀농을 돕기에는 빈약한 일시적인 정책일 수밖에 없다. 귀농은 농업 경제활동을 위한 사업자금을 준비해서 농촌으로 가는 것이고, 귀촌은 생활비만 있으면 가능하다.

둘째, 귀농인들은 일반적인 단순 농업인 수도작, 밭 작물, 과수, 비닐 하우스 등을 주요 작목으로 귀농을 하는 것으로 계획을 세우고 있기 때문에 농촌경영과 자본, 재배기술이 부족하다.

셋째, 우리나라의 농업 구조상 수도작과 도시근교 농업인 비닐하우스와 일부 과수원은 기업농으로 유도를 해야 유리할 것으로 생각된다. 그 외의 농업은 귀농, 귀촌자들의 전문체험형 농업과 어린이들의 진로체험형, 꾼들의 달인 농업으로 농촌 관광과 연계하여 체험형 프로그램을 개발하는 것이 유리하다고 본다.

넷째, 어떤 종류의 농업이든 업그레이드된 농촌경영교육, 계획적인 농촌체험 운영 교육을 꾸준히 시켜야 한다. 소정의 교육과정을 이수한 자에 한하여 장기 저리 융자형 지원이 따라야 할 것이며 특히 농지 구입 경비는 농지를 후취담보로 대를 이어 갚을 수 있게 하여야 원가와 경쟁력을 낮출 수 있어 실패를 예방할 수 있다.

다섯째, 여러 단원에서 이야기를 하지만 기능 달인들이 모여서 함께 귀농을 하여야 한다. "뭉치면 살고 헤어지면 죽는다." 귀농자들은 5명 이상이 모여서 함께 귀농을 하여 체험 관광농원이나 체험관광마을로 자리를 잡도록 유도하여야 한다.

귀농 정책은 이렇게

그동안 도시와 농촌을 균형발전시키겠다고 수많은 정책들이 쏟아져 나왔다.

대표적으로 개별 농가와 참여 농가를 복합한 형태의 금융이자 지원 사업인 관광농원이 있었다. 1984년 정부(농림축산식품부) 주도 하에 조성된 관광농원은 1996년 407개소, 1999년 320개소, 2001년에 220여개소로 줄어들었다. 현재 전국의 관광농원은 260 내지 500여개가 존재하고 있다고 추정된다.

지금까지 무상지원 형태의 마을 보조 사업에는 농림축산식품부에서 관장하는 녹색체험마을, 농촌진흥청에서 관장하는 농촌전통

테마마을, 농협에서 관장하는 팜스테이마을(권역마을)이 있다.

농림축산식품부에서 2002년 "녹색체험마을" 18개소를 선정한 것을 필두로 현재까지 190개소 이상을 선정 운영하고 있다.

농촌진흥청에서도 2002년 처음으로 "농촌전통테마마을" 사업의 일환으로 9개소를 선정하였다.

농협에서는 1999년 5월부터 "팜스테이마을"을 지정 운영하고 있는데 2006년까지 총 243개 마을을 지정 3,421가구의 농가 민박을 육성하고 있다.

이 외에도 행정자치부의 정보화마을이 2001년부터 추진되고 있으며, 농림축산식품부에서는 3~5개 마을을 하나의 권역으로 설정하여 개발하는 사업을 2004년부터 추진하고 있다.

관광농원 사업을 제외한 대다수 농촌 살리기 사업들은 정부를 바라만 보고 의지만 하는 보조 사업이 10년 이상 시행됨으로써 요행만 바라는 무책임한 농민으로 길들여져 있다

이제 우리 경제는 세계 10대 경제대국으로 도약을 했다. 30,000 불 선진국에 도전하는 이 시점에서 농촌정책도 새로운 경제 민주화 방향으로 변해서 일본처럼 장기 저리 융자를 원칙으로 책임 있는 농민으로 발전시켜야 할 것이다.

정부에 의지만 하는 약한 농민으로 만든다

식목일에 나무를 심기만 하면 저절로 잘 크지 않는다. 분명 잘

보살피고 관리를 해야 잘 자랄 수 있다. 나무를 심는 자체보다 관리하는 것이 더 어렵고 중요하다고 많은 사람들은 이야기를 한다.

아이를 낳기만 하고 부모가 돌볼 능력이 없다면, 국가가 의무교육으로 인재 양성 교육 계획을 세워 국가의 백년 계획을 세워야 한다.

전임자의 정책이 10년 이상 진행되었다면 이미 심어져 무럭무럭 자라는 나무도 마찬가지다. 사후관리를 잘 해야만 돈이 되는 재목감이 될 것이다. 어떻게 가꿀 것인지, 어떤 해충 구제약을 살포할 것인지 연구를 해야 하지 않겠는가?

우리나라 농업정책은 상급자가 새로운 정책을 만들면 전임자의 정책은 아예 무시되는 경우가 다반수이다. 공무원 개인의 실적을 높여 진급에만 급급하고, 눈치만 보며 소신껏 농민을 위해 정책을 펼치는 일이 그리 많지 않은 것이 지금의 현실이다.

"관광농원 정책"이 앞서 말한 경우의 좋은 예가 되고 있다. 전임자의 정책을 허가 받고 시행하고 있는 농민은 정책이 바뀌었다고 정부의 혜택을 전혀 받지 못하는 실정이 되었다.

현재의 마을개발 정책은 정부 정책지원 마을로 선정되기만 하면 무상으로 수십 억원 지원이 된다. 하지만 관광농원은 개별농가라는 이유로 무상으로 지원금이 제공된 예는 한 건도 없었다. 또한 프로그램 교육이나 선진 외국 사례 답사 교육도 몇 년 전부터 없어졌다.

사업계획이 잘못되었다거나 시행착오가 있었다면 머리를 맞대고 연구를 하여 개선하여야 할 것이고 이미 허가가 나서 운영을 하고 있는 곳은 사업이 잘되고 있는지 지속적으로 지도 감독을 하는 것이 중요하다.

국가기본사업으로 농촌을 지키려면 개별농가 사업이든, 공동 마을사업이든, 사업이 잘 운영되도록 경영지원, 프로그램 개발교육, 선진지역 답사교육 등을 해 주어야 도태되지 않고 앞으로 나아갈 수 있을 것이다.

현재의 마을개발은 마을 주민들의 동업의 일종이다. 그러다 보니 곳곳에서 갈등을 일으키는 마을이 속속 나오고 있다.

마을이 발전하려면 우선 개별농가의 프로그램이 잘 운영되어야 한다. 개별농가 경영이 잘 되는 여러 농가들이 네트워크로 연결되어 관광마을이 운영되어야 개인이 개·보수를 하고 서비스가 발전하는 경쟁력을 갖출 수 있다.

지금까지 정부가 연간 수천억 원을 농촌으로 들이부어도 정작 농민들은 자립을 할 줄 모른다. 목적 없는 "무상지원"이기 때문이다.

물론 잘 하는 농가 마을도 있기는 하다.

그렇지만 수많은 농민들이 정부에만 의존하는 약한 농민으로 전락하고 있다. 실패를 하더라도 농촌을 지켜서 곧 닥칠 식량 무기화에 대비해야 할 텐데, 어려우면 '정부에서 또 지원해 주겠지'라는 안이한 생각으로 사업을 하는데 경쟁력이 생기기 만무하다. 스스로 준비하고 목표를 세우지 않고 도전하려는 투지력이 없이 정부 보조만 기다리는 농가가 무슨 경쟁력이 있겠는가?

새로 창업을 하는 마을들은 기존 마을 활동에서 보았던 실패들을 보완하고 새로운 시설, 새로운 프로그램으로 앞다투어 나오고 있다 보니 10여 년 전 개발된 마을은 이들과 대항할 경쟁력이 없다.

새송이버섯을 주요 작목으로 10년 전에 허가를 받은 한 마을을 조사해 본적이 있다. 하지만 지금은 수십억 원을 들여 깨끗한 시설로 새로 개장하는 다른 경쟁 마을에 짓눌려 어찌할 바를 모르고 하늘만 쳐다보고 있는 상황이 되어 있었다. 이들에게 교육을 통해 전통적인 프로그램을 보완 육성하게 하고, 새로운 다양한 프로그램을 개발하며, 개원 3년 후부터는 낙후되는 시설물을 새롭게 개선하도록 지원된다면 이 마을과 같은 허무한 상황은 맞이하지 않을 수 있을 것이다. 그렇게 함으로써 새로 개장하는 농원에 대항할 경쟁력을 갖출 수 있도록 시설보완을 위한 교육과 장기 저리 융자 이자지원을 함으로써 뒤처지지 않는, 경쟁력을 갖춘 농촌으로 보존될 것이다.

도전하려는 의지와 투지를 가진 농민! 정책지원금을 받았다면 원금을 갚겠다고 노력을 하는 농민! 이런 이들을 위해 장기적인 이자를 지원하고 꾸준한 교육개발을 해서 한걸음씩 성장하는 농민을 만들어 간다면 농촌은 살아날 수 있을 것이다.

달인 귀농, 귀촌을 장려하여 농촌에 거주하는 인구의 평균 연령 낮추고 애국자 만들자.

얼마 전 고향 상주시 청리면 학하리에 다녀왔다. 73세인 사촌 형님이 마을의 최연소자라고 한다.

"내가 죽고 나면 큰일이여! 동네 노인네들 어려운 뒷바라지 일을 할 사람이 없어.

수천 평 되는 감 농원과 배 과수원, 동네 교회를 돌보고, 동네 어려운 일을 내가 도맡아서 하고 있지만 앞으로는 누가 이 마을 이 농촌을 지키겠나."라며 한숨을 내쉰다.

얼마 전까지 아들에게 소 키워서 얻는 소득이 현재 도시에서 네가 받는 월급보다 적지 않을 테니까 시골 내려와서 아비의 사업을 계속 이어달라고 말했지만, 2015년에 들어서면서부터 소의 사료값도 나오지 않고 있어서 이러다가는 불안해서 아들더러 시골로 내려오라고 할 수가 없다고 말씀하신다.

FAT가 타결되고 세계가 하나의 경제로 농산물, 공산품 공급이 일일생활권이 되었다. 중국과 미국, 호주 등 그들의 주력 농산물인 소의 마리 수를 우리의 경쟁상대로 생각해서는 안 된다.

힘이 농사에 비해 조금 들어가고 여가도 즐기면서 적으나마 농사가 가능한 소농을 지향하고, 특히 품질을 차별화여 경쟁력을 갖추고, 달인귀촌 관광농업과 달인귀농 체험관광농업을 발전시켜 투지가 강한 소농 강국을 만들어야 한다.

앞서 말한 사촌 형님 마을 인구의 평균 연령은 78세라고 한다. 현재 우리나라의 명예퇴직과 정년퇴직 평균나이는 45세부터 62세이다.

우리의 숙제는 귀촌, 귀농 전문가와 관광농업 전문가가 새로운 프로그램과 여가 농업을 연구하여 귀농 창조체험관광교육농원을 운영하는 것이다.

귀농 교육을 종합예술적인 측면과 기능적으로 다변화시키고, 여가를 즐길 줄 아는 낭만적인 농민, 예술적인 문화와 노래가 흐르는 귀농, 귀촌으로 만들자.

전통적인 기존의 농민은 이제 얼마 남지 않았다. 의술의 발달로 수명이 연장되어 농촌인구가 줄지 않는 것일 뿐이다. 귀농인구를 다변화시켜 농촌도 낭만과 예술이 흐르는 농촌으로 변화시켜야 한다.

귀농을 원하거나 귀촌을 원하는 사람에게 농사짓는 교육만 하고 농촌으로 이주시킬 것이 아니라, 그 전에 그가 다니던 직장에서 익혔던 기술을 농촌 체험교육에 연계시키는 방안을 연구하고 나아가 예술과 낭만이 넘치는 귀농 체험교육 프로그램을 개발할 수 있도록 교육과 훈련을 시켜야 하겠다.

한 농가보다는 5농가 이상이 귀농을 함께 하여 5농가만으로도 예술과 낭만이 넘치는 노래가 흐르는 카페나 무대를 설치한다. 희망하는 사람에게는 바리스타나 제과기술, 각종 예능 기술을 새롭게 배울 수 있도록 기회를 주어 예술과 낭만이 흐르는 농촌이 되도록 정책을 입안하도록 한다. 예술 귀농, 꿈이 있는 귀농, 낭만과 여가를 즐길 줄 아는 귀농정책이 필요하다.

歸農
RETURN
FARMING

8장

나의 귀농 도전기

나의 귀농 도전기

귀농 생각에 사업도 실패하다

내 고향은 흙냄새가 많이 나는 경북 상주다.

초등학교 6학년이 되던 해에 교육열이 강하신 부모님을 따라 서울로 왔다. 나를 두고 모두가 서울 사람이라고 오해를 할 때쯤 내 마음 속에는 다시 시골로 가고 싶다는 생각이 항상 자리하고 있었다. 자연 속에서 자라고 자연의 품에서 살아가던 어린 시절의 향수가 떠오르기도 하고 무엇보다 삼촌께서 양돈사업을 하시는 모습을 보면서 그것이 그렇게 좋아보였다.

나도 젊은 부호가 되는 방법이 없을까? 돈을 버는 사업은 없는 것일까?

공부해라, 공부해라! 부모님이 노래처럼 하시던 공부는 중단했

이런 돼지 키우는 사업을 하는 것이 꿈이었다.

다. 그리고 20대 중반에는 인수동 먹자골목에서 꼼장어 가게를 열었다. 결혼 1년차까지 꼼장어 전문 매장을 해 보았으나 만족한 수익을 올리지는 못했다. 재산을 모으기 위해서는 꼼장어 매장이 성에 차지 않았다. 마음이 다른데 있는데 사업이 잘 될 리가 없었다. 당시 내 마음속에는 수백 마리의 돼지가 우글거리는 양돈사업, 귀농사업으로 가득 차 있었다.

이때부터 귀농에 대한 꿈을 구체화했다. 양돈업을 하고 계시던 삼촌에게 전문 노하우[1] 기술을 배우기 위해 삼촌댁에 자주 방문하기로 마음을 먹었다. 공부로 성공하기 바라셨던 아버지에게는 양돈업 사장이 되면 용돈을 두둑히 드리겠노라 약속도 했다.

[1] 노하우 : 특허되지 아니한 기술로서 기술 경쟁의 유력한 수단이 될 수 있는 정보

20년 노하우를 전수 받을 수는 없을까?

틈만 나면 삼촌의 20년 귀농 노하우를 배우려고 삼촌집에 들렀다. 숙모에게도 잘 보이려고 애를 썼는데 그것은 내가 나중에 양돈사업을 하게 되면 양돈 노하우 기술 지원을 받으려는 속셈이 깔려 있었다. 곁에서 일을 하면서 사업장에 일손이 부족할 때면 득달같이 달려가 삼촌의 양돈 일을 도우며 일을 배웠다. 몰입²을 해서 최선을 다해 보는 것이 모두 나를 위하는 길이었다. 그리고 다른 한편으로는 양돈과 관련한 책을 사서 열심히 공부를 하였다. 새끼 돼지에게 백신³을 접종하는 법, 중돼지 사육법, 어미돼지 종부시키는 방법, 새끼 받는 방법 등 열심히 노력해서 모든 것을 다 알았다고 자만을 가질 정도로 노력을 했다. 부모님이 원하시던 공부도 이때부터 정말 열심히 했다.

그러나 이러한 나의 노력에도 불구하고 두 번이나 실패를 맛보게 되었다. 몇 십 년의 노하우를 우리 농원에 심을 수 있도록 몰입을 해서 배워야 했던 것이다. 자존심을 버리고 극진한 친구에게 대하듯이, 사랑하는 부인을 대하듯이 최선을 다하여 몰입을 해야 한다. 그러면 거울처럼 돌아오는 것이 기다리고 있다. 내가 저지르는 모든 일은 신이 나서 몰입을 해야 한다. 귀농의 승리 여신이 눈앞에 와 있으니까, 이것이 나의 신조였다.

젊어서 귀농을 하게 될 경우, 부모에게 도움을 받을 수 있으면

---

2 몰입 : 어떤 데에 빠짐. 또는 빠뜨림
3 백신 : 예방주사

받는 것이 좋다. 호미로 밭을 일구는 것보다 경운기나 트랙터로 밭을 일구는 것이 훨씬 편하고 생산성이 높다. 능력으로 따지자면 하늘과 땅 차이다. 트랙터처럼 강력한 후원자는 부모다. 사랑으로 가득 찬 부모보다 더 큰 후원자는 찾을 수 없다.

귀농은 미련 없이 도시를 떠나는 법과 저지르는 법을 배워야 한다. 저지르고 마무리 하는 것을 미덕으로 삼아 끝까지 도전하고 마무리의 바닥을 보는 습관을 가져야 한다. 귀농하여 농촌에 정착하는 것도 힘들지만 도시를 떠나오기도 힘들다. 이것저것 고민하다가는 아무것도 할 수가 없다. 그러니 먼저 결단을 하고 도시를 떠나 농촌에 정착해 도전한 것을 끝까지 수행하는 것이 무엇보다 필요한 것이다.

그렇다면 귀농의 행선지는 어디로 하는 것이 좋을까?

귀농을 생각할 때 제일 먼저 장소를 정하는 것이 중요한 고민거리요 숙제가 된다. 왜냐하면 귀농지는 나의 보금자리가 되어야 하고 안식처가 되어야 하기 때문이다.

산세가 수려하고 마음의 안정을 찾을 수 있는 웰빙 숲의 고장으로 가고 싶다, 바다가 경관으로 내려다 보이는 해변가가 좋겠다, 도시가 가까운 시골로 가고 싶다, 강이 흐르는 강가로 가고 싶다 등 수많은 생각이 있을 수 있을 것이다.

필자도 귀농 장소를 정하려고 반 년 정도 수많은 곳을 다녀보았다. 서울에서 가까운 강화, 평택, 진천을 비롯해서 심지어는 나의 고향인 경북 상주까지 갔었다. 그러던 중 김포읍 감정리가 적당한 곳이라고 판단을 했다. 그 이유는 삼촌의 20년 노하우를 전수 받아서 사업을 성공시키고 돈을 벌 수 있는 적당한 곳이 바로 김포라는 결론을 얻었기 때문이다. 김포에는 20년 노하우로 양돈업을 하시는 삼촌집이 가까이 있으므로 내가 돼지를 키우다가 급하면 찾아가서 물어보고 일이 생겼을 때 일을 도와주고 도움을 받을 수 있겠다는 생각이 들었기 때문이다. 무엇보다도 삼촌집과 지리적으로 가까운 곳이라서 필요할 때마다 삼촌에게 들러서 기술적 자문을 얻으려 했던 것이다. 그리고 심적으로 의지할 곳이 있는 것이 좋았다.

계획을 잘못 세웠다!

당시 서울 성북구 길음동에서 20평 남짓한 조선기와집을 한 채 정리하고 귀농하기로 했다. 하지만 내가 가진 금액에 맞추다 보니 토지 면적이 적고 값이 싼 것을 찾을 수가 없었다. 건축비도 생각과는 달리 더 들어가서 635평 땅에서 농업 소득이 나올 것이라 예상하고 비상금도 거의 남겨 두지 않고 토지 매입에 내가 가진 돈을 거의 투자했다. 땅값과 돼지우리, 그리고 우리 가족이 기거할 살림집을 짓고 나면 남는 돈이 없게 된 것이다.

도전 1기 _ 새끼 돼지 5형제

경기도 김포시 감정리 조규용씨 댁에 월세방으로 귀농을 시작했다. 월세방에 살면서 45일간 집을 지었다. 농사를 지으면 1년에 30

만원의 소득도 나오지 않는 밭 635평이 나의 전 재산이었다.

1978년 10월에 10평짜리 블록을 쌓아 살림집을 지었다. 김포공항이 있는 방화동에서 벽돌이나 블록을 전문으로 쌓는 마선생을 초대해서 그 분과 함께 벽돌을 기초로 하고 그 위에는 블록집을 짓기 시작했다. 10평 남짓 살림집을 짓는데도 원재료 값을 아끼려고 슬레이트가 짧은 것으로 지붕을 올렸더니 지붕 처마가 너무 짧아서 비만 오면 빗물이 방안으로 들어왔다. 30평 돼지우리보다 오히려 허술했다.

1978년 11월 말에 30평짜리 블록 돈사가 완성되었다. 비록 지붕은 거의 단열이 되지 않는 얄팍한 슬레이트로 허술했지만 내 땅 위에 10평짜리 블록 가정집과 30평짜리 블록 돈사가 세워지니 세상이 내 것 같고 성공이 눈앞에 있으며 먹지 않아도 배가 부른 느낌이 들었다. 이 30평 돈사 안에 이제 곧 돼지들이 우글우글하리라는 꿈을 꾸고 있었다.

꿈은 현실이 될 수 있다! 이것은 나의 신조였다.

1978년 11월 돈사가 완공되고 삼촌네에서 새끼 돼지 3마리를 5만원씩에 사고 두 마리는 잘 키워보라고 숙모가 귀농 선물로 주셨다. 이 새끼 돼지 5마리가 얼른 커서 새끼를 낳아 500마리가 될 수 있다는 꿈을 꾸니 그렇게 예뻐 보일 수가 없었다.

그런데 집과 돈사를 짓고 나니 일용할 양식과 용돈, 그리고 어린 돼지의 사료값이 없었다. 당시 나에게는 한 살과 두 살 된 어린아이들이 있었는데 과자 하나 사다줄 돈이 없었던 것이다. 그래서 김포 시내로 노동일을 찾아 나가보았지만 그런 일은 며칠에 한 번씩 간혹 있었고 일당도 5천원 남짓이었다. 방화동에 나가서 우리 집과 돈사를 지어준 마선생을 찾아 일거리가 있을지 물어보았다. 당시 방화동에서는 마선생이 워낙 일을 잘 하기로 유명한 분이라 거의 매일 일도 있었다. 마선생과 함께 일을 하면 일당도 5,500원으로 높고 당시 노동일을 하던 사람들에게 제공되던 담배도 다른 사람보다 좋은 것을 주었다. 그래서 내가 마선생을 찾아가 선생의 일을 정성으로 도와드릴 테니 저를 심부름꾼으로 써달라고 간곡히 요청했다. 그렇게 부탁을 한 결과 며칠 후 그로부터 일을 나오라는 통보를 받았다. 정말 기분이 날아갈 것 같았다. 이제 나도 일이 생겼구나, 살아났구나!

마선생은 만물박사였다. 블록쌓기, 벽돌쌓기, 구들장 고치기, 타일 붙이기 등 목수 일만 빼고 못하는 것이 없었다. 개집이라도 지어가며 흉내를 내면서 그의 모든 기술을 내 것으로 만들기 시작했다. 열심히 그의 조수 역할을 하며 일을 배웠다.

마선생이 일이 없는 날에는 목수 할아버지를 소개 받아서 그에게서 일을 배웠다. 목수가 먼저 건물 토대를 잡아 말뚝을 박아 놓으면 기초를 파고 벽돌로 건물 기초를 쌓고 그 위에 블록을 쌓아 벽을 완성시킨다. 블록을 쌓는 시간에 목수는 건물 지붕에 슬레트기와 또는 초가를 올려 비바람이 들어오지 않게 하기 위해 목재로 삼각형 모형 틀을 짜고 문틀과 문 등을 만들어 놓는다. 벽이 완성

되면 삼각형 원뿔 모양의 목재 지붕틀이 올라가고 방 또는 거실 천정을 짓는다. 이 때 마선생이 벽체를 예쁘게 시멘트로 바르고 이것이 마르면 벽지를 붙이게 된다. 이로서 집이 완성되어 방바닥을 따뜻하게 만들어주는 구들을 놓게 된다.

나는 그날 했던 일은 모래가 몇 삽 들어갔는지, 목재 지붕틀을 짤 때는 못이 몇 개 사용되었는지까지 모두 몰입해서 메모를 했다. 그리고 집에 오면 개집이라도 지어보고 복습을 하면서 그것이 내 것이 되도록 만들었다.

내가 아침마다 일찍 자전거를 타고 방화동으로 일을 나가면 아내는 새끼 돼지들을 관찰하러 하루에도 스무 번씩 돈사에 들렀다고 한다. 심지어 아내는 돼지와 함께 잠을 자기도 했다.

사랑스러운 돼지! 새끼 돼지 시절에는 너무 예쁘고 커갈수록 미워진다고들 하던데 역시 우리 집에 가져다 놓은 돼지도 예외는 아니었다. 돼지를 내 돈사에 넣어둔 것이 꿈만 같고 황홀했다. 저녁마다 돈사 안에서 돼지가 우글거리는 모습을 꿈꾸기도 했다. 얼마나 기다리고 기다리던 농장의 꿈인가?

나는 이제 그 꿈의 시작에 서 있었다.

그런데 현실은 내가 꿈꿔왔던 것과는 정반대가 되기 시작했다. 금방 부농이 될 것이라는 꿈같은 귀농 현실은 너무 고달프기만 했다.

내가 귀농한 지 6개월 후인 1979년에 돼지 파동이 일어났다. 150근의 돼지 한 마리가 새끼 돼지의 1/3도 되지 않는 만 오천 원으로 폭락했던 것이다. 파동이 없었다면 15만 원 이상 받을 수 있는 돼지였다. 생전 처음으로 돼지를 잡아 직접 리어카에다 싣고 마을주민들에게 돼지고기를 팔러 다녔다. 애지중지하며 키운 예쁜 돼지였는데... 그때 나는 30만원의 빚을 지면서 언제 돼지 가격이 살아날지 몰라 5마리는 처분해야만 했다. 말이 30만원이지 그때 당시 나에게 온 충격은 지금의 3,000만원이 날아간 기분이었다.

가진 것을 모두 잃고 손에 남는 것 없이 손해만 보고 나니 살 길이 막막했다. 가까이 있던 형님과 친구들이 쌀을 가져다주고 용돈을 주고, 일부는 빌려주기도 해서 근근이 생계를 유지하게 되었다.

절망이란 것이 이런 거구나. 두 아들과 아내에게 얼마나 미안했

옛날의 농원
① 마선생이 지은 10평짜리 블록 주택
② 30평짜리 블록 돈사
③ 60평짜리 보온덮개 돈사를 시공하고 있다.
④ 농협 '임대 어미소'를 키웠던 5평짜리 비닐하우스 외양간(우사)

2번 돈사는 15년 전에 폭설을 못이겨 돈사 지붕이 푹 주저앉은 적이 있었다. 돈사는 흔적만 남기고 사라지고 말았다.

던지, 나에게 그 첫 번째 시련은 말로 표현할 수 없을 만큼 어려웠다. 그러나 이런 절망 속에서도 나보다 나이 어린 아내의 격려로 희망을 잃지 않을 수 있었다.

도전 2기 _ 두 번째로 도전한 돼지 10마리

한 번의 실패 후 여우 같은 마누라와 토끼 같은 두 아이들을 위해서, 그리고 다시 재기하기 위해 방화동으로 자전거를 타고 매일같이 출근을 했다. 새끼 돼지를 사려면 돈이 필요한데 마냥 주저앉아 있을 수만은 없었다. 방화동에서 일을 하고 있었던 마선생의 심부름꾼 역할을 성실히 해서 6개월가량 돈을 쓰지 않고 모은 결과 새끼 돼지 10마리를 구입할 돈이 모였다. 당시 김포에 인접한 강화장터에서 새끼 돼지 10마리를 사려면 50만원이 필요했다.

그때만 해도 가정집에서 돼지를 키우며 새끼를 낳는 대로 시장에 내다 파는 농가가 많았다. 농가 돼지와 가정집 돼지의 차이점은 예방접종을 했는가 하지 않았는가 하는 것과 품종이 삼원교잡이 되었는가가 관건이었다. 강화장터에서 돼지를 살 때 예방접종을 했다고 하지만 사실 믿을 수는 없었다. 하지만 파는 사람의 말만 믿고 예방접종을 추가로 하지 않았다. 그런데 4개월도 되지 않아 하루에 두 마리씩 10마리가 모두 죽어나갔다. 돈 콜레라가 걸려서 치료 방법이 없었다. 이렇게 해서 나의 두 번째 꿈과 희망이 모두 사라져갔다.

또 다시 일용할 양식이 없어졌다. 돼지를 사려고 애썼던 그 힘은 어디로 가고 없는지, 비가 오나 날이 더우나 자전거를 타고 포장도 제대로 안된 길을 다니면서도 흥이 났던 그 힘들은 다 어디로 갔는지 우리 가정은 두 번째 좌초 위기를 맞았다. 친구들과 형님은 이렇게 쓰러져가는 내게 이번에도 쌀과 용돈을 주고 가곤 했다. 이제 무엇을 어떻게 해야 하나 두려움이 마음에 가득 찼다. 도저히 다시 일어날 용기가 나지 않았지만 이번에도 아내가 나를 일으켜 세웠다. 당신은 할 수 있다고 일어날 수 있다고 용기를 주었다. 때마침 집에 들르신 장인어른의 말씀도 나에게는 큰 용기가 되었다.

"우리 사위는 자갈밭에 씨를 뿌려도 새싹을 키워낼 사람이야!"

"여보, 당신은 수백 마리의 돼지 농장의 사장이 될 수 있어요!"

이렇게 나에게 용기를 북돋아 주는 사람은 사랑하는 나의 아내와 장인어른이었다.

도전 3기 _ 재기의 몸부림

내가 가진 것은 도전정신과 몰입, 그리고 무엇이라도 할 수 있다는 무소부지의 집념뿐이었다. 두 번 실패 후 가족들과 새끼 돼지를 사기 위한 돈, 그리고 먹고 살기 위한 돈을 벌기 위해 또 다시 방화동에 있는 마선생의 조수로 일하기 위해 출근했던 것이다.

마선생에게서 기술을 배우고 돈을 벌기 위해서였다. 마선생을 따라 다니면서 그분의 조수로 일하며 블록 쌓는 기술부터 배웠다.

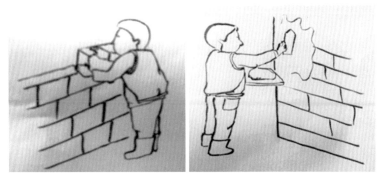

기술을 배우고 돈을 벌기 위해 블록쌓기 기술부터 배웠다.
블록쌓기는 정말 예술이었다.

처음 배웠던 벽돌쌓기, 블록쌓기는 정말 예술이었다. 나의 적성에
도 잘 맞았고 설령 적성에 잘 맞지 않아도 배우면 배우는 만큼 재
미가 있었다. 이 외에도 나는 건축 공사현장에서 벽이나 천장, 바
닥을 시멘트로 바르는 소위 미장과 벽돌이나 블록을 쌓는 일, 구들
을 놓고 고치는 일, 그리고 목수 일을 배웠다.

3개월 후에 기술자 대우를 받겠다는 목표로 정말 열심히 배우고
일했다. 김포공항이 있던 공항동에서 일을 하면 내가 사는 김포읍
보다 일당을 500원 더 많은 5,500원을 받을 수 있었다. 담배도 다
른 곳에서 주는 것보다 더 좋은 것을 주었다. 나는 수고비로 받은
500원짜리 고급 담배를 찌그러지거나 흠집이 나지 않게 신문지에
곱게 싸서 보관했다가 자전거를 타고 집으로 돌아오면 마을 구멍
가게로 먼저 갔다. 그 담배를 가게 주인에게 주고 100원짜리 담배
두 갑과 하루 종일 아빠를 기다린 두 아들을 위한 과자 300원어치
로 바꾸었다. 그 녀석들이 자라는 것을 보는 것만으로도 고생은 눈

어린시절 아이들의 모습(좌로부터 큰아들 태진, 셋째 딸 현정, 둘째 태산)

녹듯 사라졌다.

나는 그렇게 번 돈을 무조건 저축했다. 짐 자전거에는 집사람이 텃밭에서 기른 깻잎, 호박, 오이 등을 싣고 50여분 가량 열심히 페달을 밟아 천둥고개를 넘었다. 공항 시장 입구에서 식당업을 하는 상인들을 대상으로 농사꾼들의 직거래, 도매시장이 새벽에 잠깐 서는데 거기에서 이 채소들을 팔았다. 그러면 하루에 1,500원에서 2,000원 정도의 수입이 생겼다.

이웃 농장에서 빌린 돼지 5마리로 다시 시작하다

농장의 뒷산 능선을 넘어오시던 개미농장 사장님을 우연히 만났다.

김봉선 사장님 : 돼지 키우려고 서울에서 오셨다면서요?

황형구 : 네

김봉선 사장님 : 키우는 돼지가 많습니까?

황형구 : 지금 한 마리도 없습니다.

김봉선 사장님 : 네? 한 마리도 없다고요? 돼지 키우러 왔다면서 돼지가 한 마리도 없으면 어떻게 합니까?

김봉선 사장님은 나의 지난 이야기를 쭉 들어보시고는 자신의 농장으로 와서 돼지 5마리를 가지고 가라고 하셨다. 외상으로 줄 테니 잘 키워서 팔아 그 돈을 갚으라고 했다.

비싼 농장 돼지를 거저 주신다고? 정말 하나님과 같은 말이었다. 마음 같아서는 당장 달려가 가져오고 싶었지만 집으로 돌아와 아내와 상의를 하고 곧바로 개미농장으로 달려가 새끼 돼지 5마리를 데리고 왔다. 그리고 그 길로 삼촌네에 가서 3마리를 더 구입했다.

이들 돼지들은 이후 진산농장의 엄마 돼지들로 성장하였다. 지금까지 나에게는 시련만 있었고 실패의 세월만 있었다. 이제 나에게 남은 것은 여유 자금 하나 없는 젊은 몸뚱이 외에 아무것도 없었다.

도전 3기의 원동력, 아내의 정성

이렇게 우리 집으로 들어온 돼지 8마리는 어린아이를 돌보듯 혹시나 한 마리라도 다칠세라 신이 감동할 정도로 정성을 들이는 아내 덕분에 무럭무럭 자랐다. 어미 돼지 4마리가 임신을 하고 나머지 4마리는 다리가 아프고 젖꼭지가 안 좋아서 도태를 하였다. 그러나 2마리가 새끼 10마리씩, 다른 2마리가 8마리, 9마리의 새끼를 낳아 금새 우리 집에는 돼지가 41마리가 되었다.

하루 번 돈 중 사료 한 포를 2,600원에 사고 나머지는 모두 저축을 했다. 사료 한 포는 어린 새끼 돼지들을 키우기에 충분했다. 사료와 새끼 돼지의 밸런스를 맞춰 마리 수를 늘려가는 게 사업 확장의 보람이 있었다.

이것만이 하루의 일과가 아니었다. 노동일을 다니면서 어서 빨리 기술자 대우를 받고 싶어서 그 일도 놓칠 수가 없었다. 몸은 일에 치여 힘들었지만 돼지 41마리가 70마리로 느는 것은 잠시인 것 같았다. 그만큼의 즐거움이 있었다.

귀농을 생각하며 이 책을 읽는 독자들에게 나처럼 꼭 이렇게 고생만 하라는 것은 절대 아니다. 그러나 이처럼 굳은 결심을 가지고 번 돈은 꼭 쓸 곳에만 쓰면서 도전을 멈추지 않아야 한다.

단위농협에서 임대 어미소를 받다

1981년 4월이었다. 밭 가장자리에 보온덮개로 돈사 60평을 지었다. 벽도 비닐과 보온덮개로 완공을 했다. 이 때 김포단위농협에서 임대 어미소를 키워보겠냐는 제의가 들어왔다. 임대 어미소란 어미소를 빌려주면 수정을 시켜서 1년 후에 송아지 새끼를 낳게 하여 송아지는 농장주가 갖고 어미소는 농협에 돌려주는 제도였다.

　고민을 한 끝에 소를 키워보기로 결심을 했다. 어미소를 열심히 키워 수정시키고 농협을 통해 샤르레(외국 종자, 하얀소)도 한 마리 분양 받았다. 샤르레를 1년 키워서 팔 무렵에는 소의 가격이 호황이라 비싼 가격을 받을 수 있었다. 분양하려는 어미소를 분양받을 농가가 나타나지 않자 어미소를 저렴한 가격에 분양받게 되었다. 분양받은 어미소는 비육이 잘되어 비싼 가격에 팔게 되었다. 어미소와 샤르레 판돈의 일부는 가정에 보태고 나머지 돈으로는 다시 수입소 한 마리와 홀스타인 숫소 두 마리를 구입하여 부지런히 키우기 시작했다.

　이때부터 나는 새벽마다 인근 식당에 가서 음식 찌꺼기를 나르고 미군부대 잔반을 공수해 왔다. 식당은 예비군 중대장님이 소개해준 곳으로, 새벽마다 가서 잔반을 받아왔다. 그 잔반을 지하수로 깨끗하게 씻고 요지나 이물질을 제거한 후에 가축들에게 주는 것

은 아내의 몫이었다.

잔반을 얻을 수 있는 식당을 더 많이 소개받은 덕분에 중고 경운기를 구입했다. 새벽 5시 30분이면 경운기 소리가 온 마을을 울렸다. 그 소리에 마을 사람들이 모두 깰 정도로 시계 바늘과 같은 일과는 계속되었다. 잔반 반드럼 정도를 수거해 와서 돼지에게 먹이는 것만으로 하루 일과를 보낼 수는 없었다.

키우는 돼지가 200마리 정도로 늘었을 때였다.

나보다 먼저 운전면허를 딴 아내가 중고 세레스 화물차를 몰고 닭 내장을 수거해 오기 시작했다. 그리고 보면 도전정신과 열정은 나보다 내 아내가 더 높았던 것 같다. 닭 내장을 끓여서 쌀겨에 비벼서 돼지에게 먹이면 돼지의 살찌는 소리가 뿌두둑뿌두둑하고 들리는 기분이었다.

닭기름을 비누공장에다 한 달에 5드럼 정도를 파는 부수입도 올

렸다. 5드럼의 기름값은 아내의 금싸라기 같은 부수입이었다. 그때 당시는 우리도 가난했지만 우리나라도 참 가난했다. 잔반을 가져오는 대신에 우리는 무엇인가 대가를 지불해야만 했다. 아무것도 줄 것이 없었던 나는 아주 공손한 자세로 식당 주인을 대하는 것은 물론, 두 손을 비비며 잔반통을 깨끗하게 씻어주고 나왔다. 이렇게 잔반과 닭 내장 쌀겨로 돼지를 키우며 나는 구두쇠가 되면서 무에서 유를 만들어가고 있었다.

도전 4기 _ 3개년 계획을 다시 세우다

돼지를 잘 키워서 귀농에 가족을 잘 돌보기 위해 두 번째 3개년 계획을 잘 수행해야만 했다. 이즈음 이 농부도 공부의 필요성을 절실히 느꼈다.

콜레라병으로 자식 같은 돼지들을 땅에다 묻고 나서 불타는 열정과 끊임없는 노력 외에도 지식이 있어야 한다는 생각을 했다. 하고자 하는 분야의 전문 지식은 필수 조건이다. 콜레라가 무엇인지, 사료 효율이 무엇인지를 알아야 된다는 것을 경험으로 느꼈다.

파동[4]아 오려거든 와라

고기용으로 키운 육성돈은 150마리까지는 잔반과 부산물로, 어미돼지와 어미돼지 후보는 사료만으로도 사육이 가능했다.

그리고 300마리까지는 닭 내장과 사료를 공급하여 키울 계획을 세웠다. 그 이후에는 사료 공급은 인맥, 품질 향상, 정책 안정 등의 전략이 필요했다.

처음 100마리까지의 수를 늘리는 것이 제일 힘이 들었다. 무엇이든지 기초를 세우는 것이 가장 어려운 일이다. 일단 기초가 세워지면 교육, 인간관계, 정보 이용, 품질 개량, 서비스 등 5차원의 귀농이 되도록 자기계발을 해야 한다.

개미농장에서 빌린 새끼 돼지 5마리, 농협에서 임대해 준 어미 소를 기반으로 나는 무에서 유를 창조했다. 굳은 땅에 물이 고이는 노력으로 끈질기게 노력한 것이다. 돼지를 정성으로 키우자 100마리가 200마리로 금방 늘더니 300마리, 500마리, 800마리가 되는 것은 눈 깜짝할 새였다. 이 때 나에게는 새끼 돼지와 어미 돼지까지

---

4 돼지 파동, 소 파동 : 1990년까지만 해도 소의 사육 두수가 많아져서 소값이 하락하면 돼지값도 따라서 폭락을 하는 때를 소 파동, 돼지 파동이라고 한다. 지금은 가축의 마리 수가 많으면 사육 감축 홍보를 하고 정부에서 수매를 하여 가축을 도축 냉동 비축을 하여 파동이 오는 것을 막는다.

모두 800마리나 내 돈사 안에 있었다.

나는 두 번의 실패를 겪으면서 내성이 생겨 그 후에 닥치는 어지간한 문제들은 모두 이겨냈다. 그러나 한계는 있었다.

양돈은 그 특성상 파리가 들끓고 분뇨 냄새를 막을 길이 없어서 주변에 거주하는 동네 주민들의 민원 압박을 많이 받았다. 내가 살던 김포도 개발에 속도가 붙어서 나의 돈사 주변에까지 아파트들이 들어서고 돈사 사이를 지나던 길과 농원은 아파트 주민들의 산책로가 되었다. 길을 막고 지나지 못하게 할 수 없으니 그들은 내 땅을 밟고 지나갔지만 악취가 심하다는 민원으로 나는 더 이상 돼지를 키울 수가 없게 되었다. 사업 전환의 필요성을 서서히 느끼게 된 것이다.

도전 5기 _ 고부가가치 상품에 도전! 메기 양식

나는 더 이상 양돈사업을 할 수 없게 되자 메기, 빠가사리,[5] 비단잉어 등의 양식으로 사업을 전환했다. 양돈업 3개년 계획을 7번이나 열심히 한 대가로 양돈장 아래에 구입해 놓은 논에다가 논메기, 빠가사리, 비단잉어를 키울 수 있게 되었다.

이로써 양돈업에서 양식업으로 전환한 것이다.

당시 전국에서 파주 다음으로 '논메기 유기농법'과 '유기농 쌀'을 생산하였다. 유기농산물을 취급하는 회사에다 '논메기 유기농 쌀' 매매를 의뢰했다. 그런데 그 회사의 답변으로는 현 시세에 20% 가량을 더 계산해서 주겠다고 했다. 나로서는 도저히 타산이 맞지 않는 계산이었다. 그래서 논메기 유기농 쌀을 포기하고 메기 생산 전업농으로 전환했다.

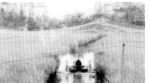

논에 메기를 양식하며 무농약 유기농[6] 벼를 재배하는 논메기 양식

---

5 빠가사리 : 동자개 또는 '빠가사리'는 메기목 동자개과에 속하는 육식성 민물고기이다. 동자개는 열대어 시노돈티스와 같이 '빠가빠가'하는 소리를 내서 흔히 "빠가사리"라고 한다.
6 무농약 유기농 : 화학비료나 농약을 삼가고 유기비료를 써서 안전하고 맛좋은 식량을 생산 하려는 농업

당시 빠가사리를 양식하고 있다는 것이 소문이 나자 '빠가사리 부화 성공으로 전국을 달린다'라는 내용으로 방송이 나가기도 했다. 그렇게 승승장구할 것처럼 보였지만 열심히 키운 메기가 헐값에 넘겨지게 되었다. 논바닥을 얇게 파서 논가에 물을 채워 메기를 키운 호지[7] 3개에서 연간 20톤의 메기를 생산했지만 판로를 개척하기는 매우 힘들었다. 어쩔 수 없이 중간 상인에게 메기를 헐값에 넘겨줄 수밖에 없었다.

---

7 호지 : 논바닥을 얇게 파서 논가에로 물을 채울 수 있는 1m 정도 높은 담을 만든다. 여기에 물을 채운 상태를 호지라고 하며 물고기를 키울 수 있는 연못을 말한다.

도전 6기 _ 관광농원의 시작

이렇게 판로를 개척하기 어렵고 중간 상인의 배만 불리는 일을 하다 보니 소비자와 생산자를 직접 연결하는 것이 중요하다는 것을 알게 되었다. 그래서 소비자와 직거래를 하기 위해 관광농원으로 사업을 전환하였다.

그러기 위해서 먼저 전국 팔도 5,000km를 달려 관광농원의 실태 분석을 연구하기 시작했다. '주변 여건은 수려한가?', '관광농원에 대하여 해박한 지식을 가지고 있나?' 등의 과제를 안고 열심히 연구한 결과를 경기도청에 제출했다. 그 결과 관광농원 허가를 얻을 수 있었다. 김포시 관광농원의 허가와 함께 복합영농의 형태를 공부해서 복합영농[8]의 길을 가게 된 것이다.

물고기잡이 체험을 테마로 한 관광농원 피싱파크가 탄생하기까지 참 웃지 못할 이야기가 있다.

1년에 20톤 이상이 생산되던 메기를 팔 방법을 찾지 못하고 있을 때 어떻게 하면 좋은 가격에 팔 수 있을까 고민을 하던 즈음 키우던 소를 팔아서 땅을 사게 되었다. 그런데 여기에다가 돼지를 키우다보니 여름에 장마가 지면 비가 많이 오고, 비가 오면 두엄간에서 씻겨 내려간 물이 이웃의 논에 들어가게 되는 일이 생겼다. 이 두엄이 흘러 들어간 논의 벼는 시커멓게 웃자라곤 했다. 그러면 그

---

8 복합영농 : 두 가지 이상 유형을 복합시킨 농업 경영. 논농사에 낙농을 조합시키거나, 과수를 주로 하고 야채 재배를 조합하는 등.

『韓國 觀光農業의 經營實態分析과 所得增大에 關한 研究』(1994년 6월 고려대학 석사논문을 경기도청에 제출)

관광농원을 설립하기 전 모습

초창기에 건축한 돈사가 대설에 무너졌다.

비닐하우스를 지어 실내 메기 채취장[9]으로 사용하던 150평짜리 하우스가 대설로 무너졌다.

9 메기 채취장 : 호지에 키워 놓은 메기를 낚시나 거물, 투망으로 잡아 보게 하여 손맛을 느끼도록 배려함으로써 소비자와 농민 간에 직거래 판매를 유도하여 소득을 창출하는 방법

논의 주인이 득달같이 달려와 우리의 돈사 때문에 그해 수확이 좋지 않았으니 논 200평 기준으로 쌀 4가마니를 쳐서 달라고 했다. 기본적으로 계산을 하더라도 200평 논이라면 3.5가마니 정도가 수확되는 것이 일반적인데, 4가마니를 달라고 하니 그 논 주인에게 야속한 생각마저 들었다. 이렇게 쳐서 줄 수 없으면 그 논을 사라고 떠미니 방법은 없었다. 당시 처음 2~3년은 그냥 달라는 대로 값을 쳐서 줬지만 나중에는 빚을 조금 내어 그 주인의 논을 조금 샀다. 후에는 운이 닿아서 소를 팔고 은행 융자를 보태어 옆 논도 사다 보니 내 돈사가 있던 인근의 논을 모두 내가 사게 되었다. 이렇게 해서 지금의 피싱파크 자리가 마련이 된 것이다.

그런데 내가 관광농원을 시작한 2001년 1월 7일. 그 날은 경기도 김포에 26.6cm의 대설이 왔다. 이후 2월 9일 2차로 7.6cm의 폭설이 오고 기온이 영하로 계속 떨어지자 눈이 녹지 않고 굳은 채로 겨울이 가고 있었다. 그런데 얼마 지나지 않은 2월 15일 17.6cm의 대설이 다시 쏟아져 하우스와 돈사가 주저앉았다. 현실은 내가 꿈꿔왔던 것과는 정반대가 되기 시작했다. 나의 꿈 같은 귀농 현실은 너무 고달프기만 했다.

도전 7기 _ 내 손으로 통나무집을 짓다

관광농원 내 식당을 위해 통나무학교를 다니며 직접 통나무집을 지었다. 이 통나무집을 짓기 위해 나는 토요일과 일요일 주말을 이용해서 포천에 있는 통나무학교를 다녔다. 토요일 4시간, 일요일 8시간 총 4주간의 교육을 마치고 나는 수수깡으로 집을 짓기 시작했다. 3개월에 걸쳐 내가 원하는 통나무집의 50분의 1로 축소하여 건축을 여러 번 만들어 보면서 실험을 했다. 마지막에는 실패를 거듭해 만들어 본 수수깡집을 보고 그래프용지에 도면을 그렸다. 건축

수수깡으로 만든 통나무집
① 좌측면   ② 우측 지붕상단   ③ 전면도   ④ 지붕

통나무를 차곡차곡 올려 쌓는 연습 중

엔진톱으로 통나무 홈을
파는 연습 중

2년 만에 골격 완공 단계

설계비 3천만 원을 번 셈이었다.

이후 나의 관광농원에 진짜 통나무집을 짓기 위해 함께 수업을 들었던 사람들을 인부로 모았다. 이들은 교육으로만 들었던 통나무집을 직접 지을 수 있게 되자 들뜬 마음으로 우리 농원을 찾았다. 지금도 우리 피싱파크 내에 있는 이 통나무집을 짓는 데만 2년 8개월의 시간이 걸렸다. 통나무집에 대해 이제 배우기 시작한 풋내기들이 모였으니 서로 자기의 말이 옳다고 우기는 것이다. 한 단을 쌓고 그것을 들여다보며 고민을 하고, 한 단을 쌓고 궁리를 하고… 정확히 아는 사람이 없으니 누구의 말이 옳다고 결정을 내려줄 수도 없었다. 결국 모든 결정은 집주인인 내가 해야만 했다. 인천항까지 가서 비싸고 튼튼한 원목을 실어와 차곡차곡 쌓아 올리는 재미가 쏠쏠했다. 그렇게 나의 꿈도 쌓여갔다.

도전 8기 _ 피싱파크의 탄생

농원 내의 양식장을 보다 효율적으로 이용하기 위해 직접 농원 안팎을 가꾸며 물고기를 이용한 체험학습장을 만들었다. 이것은 현재까지도 특화된 물고기 관련 체험학습장으로 이용되고 있다.

자석낚시 체험

아기돼지 당근 먹이기

보물찾기

비단잉어 새끼잡기

메기낚시 체험 1

메기낚시 체험 2

어린이 풀장

맨손으로 메기 잡기

메기알 탐험

아기 형제 마을

메기 미로 탐험

메기 미로 길찾기 탐험

현재 우리나라의 귀농, 귀촌 정책은 안정성과 지속성이 없이 일시적으로 퇴직자나 고령자를 유치하여 농촌인구를 확보하는 데에만 여념이 없다. 이것은 귀농이나 귀촌의 개념으로 일시적인 정책일 수밖에 없다. 특히 소득의 안정성이 없는 수도작, 밭작물, 과수, 비닐하우스 등의 영농사업에만 성공 사례발표가 있는 실정이다.

농촌에서 자라고 농촌을 자연적으로 이해를 하는 젊은이나 대학이나 전문교육을 받은 사람은 전문 수도작이나 대형 밭작물 등을 기업형 귀농으로 전업화하도록 정책적인 배려가 필요하다고 생각된다.

귀촌, 귀농은 농촌의 인구를 확보하고 유휴지 국토나 폐허화되어가는 마을을 개발하여 관광농업화함으로써 고소득 관광농업국으로 발전할 수 있다.

2011년 김포시 농업기술센터의 지원으로 김포관광농업의 벌통형 네트워크사업을 진행하면서 얻은 기초 연구와 38년 동안 체험 관광농업을 경영하면서 연구한 결과를 기초로 하여 이 책을 집필 하였다. 농업기술센터의 송용섭 소장님과 김재석 박사님, 박진경 박사님과 농업기술센터 직원, 하나투어담당 과장님 등 많은 분들과 김포관광농업을 경영하는 농민들이 값진 도움을 주셨다.

앞으로 많은 귀농, 귀촌 농촌관광 연구자들의 끊임없는 연구로 세계적으로 모범이 되는 한국형 농촌관광이 많이 생겨나길 기대 한다.

끝으로, 집필에 도움을 준 큰아들 황태진, 콘텐츠 스토리텔링을 멋지게 꾸며준 둘째 황태산, 디자인 솜씨를 발휘한 셋째 황현정의 헌신적인 노력이 있었다. 이들에게 사랑한다는 말을 꼭 전하고 싶다.

참고문헌

Stephen M. Fjeellman 저 · 박석희 편역. 디즈니와 놀이문화의 혁명, 1994.

김사헌. 국제관광론: 국제관광 현상의 사회문화론적 해석, 2006.

김용근. 마을공동사업의 이해와 "갈등관리", 2008.

김용상 · 정석중 · 이봉석 · 심인보 · 김천중 · 이주형 · 이미혜 · 김창수. 관광학, 2011.

김일철. 일본농촌과 지역활성화 운동, 1994.

김재석 · 박진경 · 황형구. 김포시관광농업연구회. 농촌관광 조직화 모델 개발, 2011.

농민신문 · 김용기. 완주감 체험관광 프로그램 개발, 2008.

박덕병 · 이상영 · 이민수 · 채종현 · 황대용. 농촌진흥청. 한국형 가족농원 모델 구축 연구, 2008.

데이비드 드레먼 저 · 김홍식 옮김. 역발상 투자, 2009.

리차드 샤플리 · 데이비드 텔퍼 저. 고동완 · 박세종 · 여정태 옮김. 관광개발론: 개념과 이슈, 2002.

매일경제신문사 경제부. 귀농귀촌 정착에서 성공까지: 마흔에 시작하는 귀농귀촌 가이드, 2012.

무카이다니 타다시 저·김영식 옮김. 인내: 버티는 것이 이기는 것이다! 이기고 싶다면 "인내하는 법"부터 배워라, 2008.

미하이 칙센트미하이 저·이희재 편역. 몰입의 즐거움, 2005.

박진영·윤세환·김형섭·조규태. 관광마케팅, 2001.

서종혁·박동규 외 11명. 한국농촌경제연구원. 농외소득원 개발정책의 평가와 장단기 발전전략, 1991.

엄서호. "한국적 관광개발론" 한국관광 제 빛 살리기, 2007.

오지혜. 김포관광농원 환경설계, 1996.

이영성·김효찬·박준석·이영석·정석현. 21세기에 계획하는 "레저자원", 2005.

이치노세 마시테루 저·정용복 번역. 돈 버는 농가와 못 버는 농가, 1994.

이토마사미 저·박석희 옮김. 사람들이 모이는 "테마파크의 비밀", 1994.

임재택·김은주·김영연·한미라·서영희. 도시와 농촌을 이어주는 아이들, 2008.

전국귀농운동본부. 귀농길잡이, 2006.

황형구. 관광목적지의 인지된 노블티(novelty)가 재방문에 미치는 영향, 2009.

황형구. 한국관광농업의 경영실태 분석과 소득증대에 관한 연구, 1994.

지은이 소개

황형구

1948년 3월 25일 출생

1978년 서울에서 귀환농으로 축산업(양돈)과 유기농업 시작

1994년 高麗大學校 自然資源大學院 經濟學 碩士學位 취득

　　　　韓國 觀光農業의 經營實態 分析과 所得增大에 關한 研究

　　　　- 觀光農業 開發 示範 地區를 中心으로 -

2009년 京畿大學校 觀光專門大學院 觀光學 博士學位 취득

　　　　觀光目的地의 認知된 노블티(novelty)가 再訪問에 미치는 影響

　　　　- 觀光農園을 中心으로 -

現) 김포 Fishingpark 대표

　　나들이 여가연구센터 대표

　　대한민국 관광농원협회 대외협력 부회장

달인 귀농의 법칙

2016년 8월 10일 초판 1쇄 인쇄
2016년 8월 15일 초판 1쇄 발행

지은이 황형구
펴낸이 진욱상
펴낸곳 백산출판사
교 정 편집부
본문디자인 오양현
표지디자인 오정은

저자와의
합의하에
인지첩부
생략

등 록 1974년 1월 9일 제1-72호
주 소 경기도 파주시 회동길 370(백산빌딩 3층)
전 화 02-914-1621(代)
팩 스 031-955-9911
이메일 editbsp@naver.com
홈페이지 www.ibaeksan.kr

ISBN 979-11-5763-259-6
값 15,000원